六畳間の侵略者!? 41
「フォルトーゼの人達……ってこ
青騎士閣下、ご成婚……?
青騎士閣下、皇女殿下、
ご結婚おめでとうございます!

JN035093

「――親衛隊長レイオス・ファトラ・ベルトリオン、
皇帝陛下のお召しにより参上致しました」
孝太郎は一度笑顔を消すと
直立不動の姿勢を作る。
そしてエルファリアに向かって
きちんと型通りの敬礼をした。

「大儀であります、ベルトリオン卿。
しばらくぶりですね」
しかしそうした格式ばった空気は何秒も続かない。
二人はすぐに吹き出し、大きな声で笑い始めた。
「わはははははっ、やっぱり向いてないな、俺」
「二人きりの時に大真面目な顔をされると、
違和感が酷いですよ。ふふふふっ」

『行ってらっしゃい、パルドムシーハ。
武運を願っておりますわ』
「はい！ ウォーロードⅢ改イエローラインは、
ルースカニア・ナイ・パルドムシーハで出撃します！」
騎士の矜持を胸に、
いざ前線へ――！

六畳間の侵略者!?41

健速

HJ文庫
1037

口絵・本文イラスト　ポコ

キャラクター勢力図

笠置静香

孝太郎の同級生で
ころな荘の大家さん。
その身に
火竜帝アルゥナイアを宿す。

クラノ=キリハ

想い人をついに探し当てた地底のお姫様。
明晰な頭脳によって
恋の駆け引きでも最強クラス。

地底人（大地の民）

里見孝太郎

ころな荘一〇六号室の、
いちおうの借主で
主人公で青騎士。

松平賢治

孝太郎の親友兼悪友。
ちょっとチャラいが、
良き理解者でもある。

松平琴理

賢治の妹だが、
兄と違い引っ込み思案な女の子。
新一年生として
吉祥春風高校にやってくる。

孝太郎の幼なじみ

ころな荘の住人

藍華真希（あいかまき）

元・ダークネスレインボゥの
悪の魔法少女。
今では孝太郎と心を通わせた
サトミ騎士団の忠臣。

魔法少女（フォルサリア魔法王国）

虹野ゆりか（にじの）

愛と勇気の
魔法少女レインボーゆりか。
ぽんこつだが、決めるときは決める
魔法少女に成長。

幽霊状態

東本願早苗（ひがしほんがんさなえ）

孝太郎に憑りついていた幽霊の女の子。
今は本体に戻って元気いっぱい。

幽霊少女

ティアミリス・グレ・フォルトーゼ

青騎士の主人にして、
銀河皇国のお姫様。
皇女の風格が漂ってきたが、
喧嘩っ早いのは相変わらず。

ルースカニア・ナイ・パルドムシーハ

ティアの付き人で世話係。
憧れのおやかたさまに
仕えられて大満足。

クラリオーサ・ダオラ・フォルトーゼ

二千年前のフォルトーゼを
孝太郎と生き抜いた相棒。
皇女としても技術者としても
成長中。

アライア姫

桜庭晴海（さくらばはるみ）

二千年の刻を超えた
アライア姫の生まれ変わり。
大好きな人と普通に暮らせる今が
とても大事。

ナルファ・ラウレーン

正式にフォルトーゼからやってきた留学生。
孝太郎達とは不思議な縁があるようで……？

宇宙人（神聖フォルトーゼ銀河皇国）

ROOM No.106
CORONA-SOU

フォルトーゼへ　九月二十四日(土)

宇宙戦艦の『朧月』に乗って地球からフォルトーゼへ向かう場合、日数にしておよそ十日の旅となる。これは皇族級宇宙戦艦が十回の空間歪曲航法――いわゆるワープを行うという意味だ。一回のワープにはおよそ一日かかる。事前の航路計算や、事後の再整備にそれだけの時間が必要なのだ。そうなってしまうのはやはりフォルトーゼが遠いという事が原因だ。地球とフォルトーゼの距離はおよそ一千万光年。それだけの距離があると、計算や装置の精度が原因で大変な距離の誤差が出る。そういう誤差が幾らか出ても大丈夫なように広い空間を飛び石伝いで移動するので、結果的に十日もかかってしまうという訳なのだ。もちろん十日は最高の精度を誇る皇族級宇宙戦艦だからこその話で、一般の宇宙戦艦や民間船ではより多くの時間がかかる。そしてその長時間にわたる宇宙の航海を快適にする手段が時間凍結だ。宇宙船の内部の時間を凍結する事で、長時間の航海を一瞬で済ませたように感じさせてくれる技術だった。

「ふんふ～ん、ふんふんふんふ～～～ん♪」

「わーぷ、わーぷ、わーぷっ♪」

『こんなところに居て怒られないかなぁ……』

「だいじょうぶですよぅ、クランさんは意外と優しい人ですからぁ」

そしてそんな空間歪曲航法を待ち侘びているのが三人の早苗とゆりかだった。小さな頃からアニメや漫画三昧の生活を送って来た彼女達なので、空間歪曲航法――ワープに関しては大まかに理解している。そんな彼女達がそれを体験したいと思うのは自然な成り行きだろう。逆に自然ではないのは、彼女達が――厳密に言うと『早苗さん』以外の三人が――『朧月』のブリッジにレジャーシートを敷き、そこにおやつとジュースを用意している事だった。四人はワープ体験会を絶賛開催中だった。

「……お待ちかねのところ申し訳ないのですけれど」

『ホラ、やっぱりクランさん怒ってますよ。やっぱりブリッジは飲食禁止なんですよ』

「別に怒っていませんわ。ただ、もう終わってしまいましたの」

クランは怒っているというより、どことなく申し訳なさそうな雰囲気だった。その気配を感じた『早苗ちゃん』は不思議そうに首を傾げる。

「終わった？　何が？」

「空間歪曲航法――――ワープですわ。先程十回目のワープが終了、それで艦内の時間凍結を解除して……今に至りますの」

「えぇぇぇぇぇぇっ!?　おわっちゃったんですかぁぁぁっ!?」

既にワープが終わっている――――それは早苗達にとって大きな問題だった。普段からのんびり気味のゆりかでさえ、一瞬で反応して声をあげた程だった。

「なんですぐに凍結しちゃうのよー！　ワープのふにょふにょ感を体験したいのにー！」

「やる前に言ってよメガネっ子！　前にも言ったじゃない！」

早苗達とゆりかはワープを心待ちにしていた。前回のフォルトーゼ行きでもワープの体験には失敗していたので、その気持ちはとても強かった。だから『お姉ちゃん』と『早苗ちゃん』の鼻息は荒かった。

「一応アナウンスはしたのですけれど」

「フォルトーゼ式はあたし達にはわかんない！」

クランは前回早苗がワープを体験したがっていたのを覚えていたので、一応時間を凍結する前にアナウンスをした。しかし早苗達とゆりかは専門用語が連続するそのアナウンスを聞き逃した。おかげで彼女らはブリッジに来ず、クランは良いのかなと思って通常の手順通りに実行したという訳だった。

「そもそもなんで凍結するんですかぁ？」

「代り映えしない景色の宇宙で、何日も何もせずに待つのが辛いからですわ」

ちなみに艦内の時間を凍結するのは宇宙の大航海時代から脈々と受け継がれる伝統かつ鉄則だ。広大な宇宙を旅していると、同じ景色をずっと眺め続ける事になる。地上の旅とは違って風景はいつも同じような星空。進んでいるのかどうかも分かりにくい。そのせいで当時の宇宙船では心に異常を来す乗組員が続出した。だから心の負担を軽減する手段が必要とされた。初期の頃は艦内に公園が造られていたし、より長期の旅では人工冬眠が利用された。そして時代が進んで空間歪曲技術が大きく発展すると、艦内時間の凍結が利用されるようになった。そしてその技術のおかげで、早苗達がワープに気付かないという問題が起こった訳だった。

「ワープしてから凍結じゃダメなんですかぁ？」

「一応、凍結した方が安全性は高いのですけれども」

艦内の時間を凍結すると、主に人間に由来する不安定なパラメーターの多くが確定するので、空間歪曲航法の計算がより正確になる。超長距離のワープに関しては誤差は少なければ少ないだけありがたいので、可能な限り時間を凍結したいのがクラン――技術者側の本音だった。

「お願いメガネっ子、もう一回だけワープして！」

「そうだそうだ、体験させろー！」

『「お姉ちゃん」は別の世界への移動を体験してるんだから良いんじゃないの？』

「それとこれとは話が別！」

「もう何時間かで着きますけれど」

「一回だけ！　一回だけでいいから！」

「おねがいしますぅ！」

二人の早苗とゆりかが拝むようにしながらクランに訴える。やはりサブカルチャーに染まって生きて来た彼女達にとってワープ体験は欠かせないものだった。

「仕方ありませんわねぇ……分かりましたわ」

『やったー!!』

あまりに熱心な三人の訴えに、遂にクランは折れた。もちろん三人は諸手をあげて大喜び。そんな中、一人申し訳なさそうにしていたのが『早苗さん』だった。

『すみません、子供ばっかりで』

彼女は自分の席に戻っていくクランに向かって詫びた。自分達が子供じみた要求をしていると分かっているのだ。そんな『早苗さん』にクランは笑いかけた。

「そんなに恐縮する事はありませんわ。ごく近い距離の空間歪曲航法なら、とても簡単な事ですのよ。ホラ、一〇六号室からこの艦に移動するのと同じですわ」

『あれって同じ技術なんですか?』

「ええ。あの距離なら日常的に使える訳ですから、宇宙戦艦をほんの少しワープさせるぐらいは、なんて事ないのですわ」

クランは『早苗さん』が思う程には気を悪くしていなかった。むしろそんな早苗達を微笑ましく思う心の余裕があった。技術的に言うと本当に大した事ではなかったし、三人が子供じみていても、残った『早苗さん』がきちんと大人の対応をしている。それだけで今のクランには十分だった。

『ちょっとホッとしました』

「ふふふ、貴女はサナエの中では真面目ですのね」

『恐縮です』

「メガネっ子、ほんの少しってどのぐらい?」

「ワープする前と後で艦体が重ならないようにして、安全を考慮してそこから更に距離を取って……三キロくらいですわね。ちなみにこの距離だと準備している間に歩いた方が早いですわよ？」

　超長距離の空間歪曲航法は、計算と整備に一日かかる。だが距離が三キロとなればそこまでの時間は必要としない。しかもまだフォルトーゼ星系の重力の影響は殆どない距離なので、計算は更に簡単になる。長くても一時間くらいだろう。地上なら三キロを歩くのに一時間もかからないので、殆ど無意味なワープだった。

「いいの！　ワープする事に意味があるの！」

「そうだそうだ！　ワキタ艦長みたいにワープ中に故郷と家族を思いながらお酒を飲むの！」

「お酒はまだ駄目ですよぅ」

『………ワキタ艦長って、そのシーンのすぐ後で死ぬんじゃなかったっけ？』

　三人は殆ど意味のないワープでも問題ないようだった。その時に何が起こるのかを体験したいというだけで、距離は問題ではなかったのだ。つまり本当に、ただの道楽のワープだった。

「ではしばらくお待ちになって下さいまし。流石に安全規定は順守しなくてはなりませんから」

『は～～～い！』

三人の声が綺麗（きれい）に揃（そろ）う。そしてこの時、やはり一人『早苗さん』だけはペコペコとクランに頭を下げていた。こうして早苗達とゆりかは何度目かにして初めて、ワープの瞬間（しゅんかん）を体験する事となったのだった。

そうやって四人（とクラン）はワープの時を今か今かと待っているのだが、他の者達はそれほどワープに興味はなかった。どちらかというと着いた後の事が気になっていたり、やる事があるのでワープどころではなかったり、というのが正直なところだった。そんな訳で彼（かれ）ら彼女らは艦内の談話室に集まって、思い思いの時間を過ごしていた。

「うみゃ～！」

「あら、もうご飯の時間？」

「なー」

一番ワープに興味がなかったのはやはりごろすけだった。子猫（こねこ）にとってワープなどどうでも良い事、そもそも知りもしない事だった。だから基本、ご飯と飼い主と遊んでくれる人間だけが興味の対象だった。この時は特にお腹（なか）が空（す）いていたので、ご飯が最も重要だった。

「はい、どうぞ」

「みゃっ！」

ぽりぽり、ぽりぽり
真希が餌を用意してあげると、ごろすけは待ってましたと言わんばかりの勢いで食べ始めた。真希はそんな子猫の姿を目を細めて見守っている。かつての真希と比べると、最近の彼女は優しい印象が強まっている。その変化をもたらしている要素の一つは、間違いなくごろすけの存在だろう。

「これぞ魔法少女って感じね〜〜〜」

そんな真希の姿を見ながら、静香が微笑む。子猫に餌をあげている真希は、静香の頭の中にある魔法少女のイメージそのものだった。そんな静香の呟きを聞いた孝太郎は、読んでいた資料から目を上げた。

「仰る意味は分かりますが、ゆりかの前では絶対に言わないで下さいよ、大家さん」

「分かってる分かってる、貴方の大事なゆりかちゃんを傷付けるような事は絶対に言わないわ、里見君っ♪」

「別に……」

「べつに？」

「……、……」

　別に大事ではない――反射的にそう言いかけた孝太郎だったが、それは現実に即していない。困った孝太郎は実際には言葉にせず、黙って再び資料を読み始めた。

「んふふふふ～～」

　静香は軽く目を細め、そんな孝太郎に笑いかけた。彼女には孝太郎が何を言わなかったのかが分かっているのだ。そしてそれを言わないでくれた事は、彼女にとっても嬉しい事だった。実のところそれはゆりか以外の少女達にも当て嵌まる事だったから。だから静香はそれ以上孝太郎をからかったりせず、それまで話をしていたキリハに視線を戻した。

「ごめんキリハさん、話の腰を折っちゃって」

「ふふ」

「どうしたの？」

「いやなに、汝は良い女だなと思ってな」

「あは、キリハさんほどじゃないわよ。そうなりたいとは思ってるけど」

「十分だろう。実際、こうして料理の研究にも余念がない」

「これはどちらかと言えば趣味よ。母さんに習った事でもあるし。まあ、違う意味も全くないとは言わないけどね」

静香とキリハはお互いの趣味である料理談義の真っ最中だった。その優秀さ故にいつも忙しいキリハなので、なかなかこういうのんびりとした時間は取れない。フォルトーゼ行きの宇宙船の中にいるおかげで、かえって少し暇なキリハだった。

「話を戻すが、先日汝が使っていた唐揚げ粉はどこのメーカーなのだ？　既製品にしては優秀に思えたのだが」

「あれはねぇ、商店街の人達が協力して開発した唐揚げ粉なんだって。忙しいお母さん達の為に、あえて百点は狙わず、限られた時間と予算で八十点を取れる唐揚げ粉を目指して開発したんですって」

「なるほど、確かにそれは優れた着眼点だ。我々の環境にも合っている」

「そう思うでしょう？　だから試しに買ってみたのよ。キリハさんが注目するくらいだから、成功だったみたいね」

今の一〇六号室はとにかく人数が多い。一〇五号室から遊びに来るナルファと琴理まで含めると、常時十人を超えている。そういう環境では手間のかからない料理というのは非常に優れた特徴となる。一〇六号室では、常に料理の為の十分な時間が取れる訳ではないのだった。

「今度お買い物に行った時に、売ってるお店に案内するわね」

「頼む――といっても、しばらく先になりそうだが」

「そうね。その為にも頑張らなくっちゃ」

自然と二人の視線が談話室の壁に据え付けられた三次元モニターに向けられる。そこには『朧月』の現在位置が表示されていた。十回の空間歪曲航法を終えた『朧月』は既にフォルトーゼ星系に入りつつある。そしてそこでの事件を解決しない限り、地球へは戻れない。二人の買い物はしばらくお預けだった。

「わらわは今が頑張り時じゃ」

「頑張りましょう、殿下」

ティアとルースはこの時も仕事に追われていた。ティアは立場上、帰国の時点で記者会見やインタビューがある。その原稿と想定問答の作成は急務だった。

「やっぱりお姫様は大変ですね」

「それはそなたも詳しかろう」

「私が知っているお姫様は二千年前のお姫様ですから、ティアミリスさん達のような苦労はありませんでした」

「ふふふ、確かにアライア帝が記者会見を開いたり、インタビューを受けたりした記録は残っておりませんね」

そんな二人の相談相手をしているのが晴海だった。晴海は一番年上で広い見識を持つ地球人であり、それでいて一部とはいえアライアの記憶を受け継いでいる。それゆえ晴海は地球とフォルトーゼ双方の文化的背景を理解できる。こういう時の相談相手にはぴったりの人物だった。

「ところでハルミや、この言い回しで地球の人間は腹を立てたりしないじゃろか?」

「拝見致します。………ええと、全体的には問題ありませんが、人によっては腹を立てるかもしれません」

「具体的には何処がまずいのじゃ?」

「三行目の『日本は技術の後進国』っていう部分です。フォルトーゼ側の視点では全くの事実なのですが、日本は地球の中では比較的技術が発達した国であった訳なので、事実であってもプライドが傷付けられる人が出てくるのではないかと思います」

「ふむ、わらわも事実であろうと身長の話はされたくないから、その気持ちは分からないではないな」

「私はその身長がとても羨ましいんですけれど………」

晴海はそう言って目を細める。ティアの身長はある特定の状況においては優れた特徴となる。晴海は常々それが羨ましいと思っていた。

「とっ、ともかくっ、我らのプライベートの事情と日本の事情を一緒くたにする訳にはいくまい！　言い換えが必要じゃっ！」

晴海の言葉の意味はティアにも良く分かっていたので、この時の彼女は照れ臭そうに頬を赤らめていた。彼女の頭の中には、身体の大きな何者かに包み込まれるようにして抱き締められている、自分自身の姿がちらついていた。

「ふふふ、殿下、ここは両方の表現をぼかして『地球は技術発展の途上にあり』とするのはいかがでしょう？」

「……………ふむ、それでいこう」

ティアとルースが文面をまとめ、気になるところは晴海に意見を訊く。そうしながらも時折話題が脱線する。彼女達にはそれぞれ大きな役割があるが、それでも彼女達はまだ十代の少女だった。

「うなー！」

「あら、ごろすけちゃんいらっしゃい」

「なー！」

そこへスポンジ製のボールを追ってごろすけがやってきた。するとその途端、晴海達の顔が綻ぶ。やはり彼女達もごろすけが大好きだった。

「なう」

ごろすけは足取り軽く晴海の前にやってくると、彼女の傍に転がっているボールを前足で軽く突いてから、行儀よく座った。その姿を見た晴海は、すぐにごろすけの意図を理解した。

「投げて欲しいの？」

「みゃっ！」

晴海の言葉を聞いて、ごろすけは耳を動かしながら彼女を見つめる。その瞳は、早く投げろと言わんばかりに、期待に満ちていた。

「じゃあ、えーと………」

何処へ投げようか——そんな事を考えながら、晴海は談話室を見回す。すぐに投げる場所は決まったのだが、問題はどのような球を投げるかという事だった。

——ティアミリスさんや東本願さんならどうするだろう……？

それから晴海はしばらく無言で考え続けたが、ごろすけが待ちくたびれて痺れを切らす直前に決断した。

「えいっ！」

そして勇気が引っ込んでしまう前に、晴海は思い切ってボールを投げた。

「にゃっ！」

その瞬間、ごろすけは来た時と同じく軽い足取りでボールを追い始めた。飼われていても流石は獣と思わせるような、素晴らしい反応速度だった。

ぽこっ
ボールは一度床でバウンドしてから孝太郎の背中に当たった。それは晴海の狙い通りだった。

「ん？」

「なうー！」

背中に当たったボールの柔らかな感触に気付いて孝太郎が振り返ったところに、ごろすけが駆け込んでくる。当初はボールを追っていたごろすけだったが、射程距離内に孝太郎が入ったあたりからボールが意識から消えたようで、そのまま孝太郎に飛び掛かった。

「にゃっ！」

「急にどうした、お前」

ごろすけは器用に孝太郎の身体をよじ登っていく。日常的にやっている事なので、非常に素早く、それでいて危なっかしさはなかった。

「遊んで貰いにきたのか」

「にゃにゃっ！」

孝太郎が捕まえようとしても、ごろすけは簡単には捕まらない。素早くその手を掻い潜り、孝太郎の頭の上に到着する。するとごろすけは何故かそこで逃げるのを止め、素直に孝太郎に捕まった。

「お前暇なのか」

「なー」

「そりゃあ猫には宇宙でやる事なんてないよな」

「なう」

孝太郎は捕まえたごろすけを膝に乗せる。するとごろすけはそこで仰向けに寝転がり、孝太郎に向かって足を動かす。ごろすけ流の、撫でろという催促だった。

「はいはい、お任せください」

「………」

孝太郎がお腹を撫でてやると、それで満足なのか、ごろすけは無言でされるがままになる。そんな時、誰かの小さな笑い声が孝太郎の耳に届いた。

「ふふふっ」

「桜庭先輩の仕業でしたか」

「あはは、ごろすけちゃんが暇そうだったのでつい」

「つい、暇そうなこうたろうちゃんにボールを投げたと」

「結果としてはそのような」

厳密には孝太郎にも仕事がある。用意された資料を頭に入れなくてはならないのだ。だが子猫の相手が出来ない程の極端(きょくたん)な忙しさではない。いつも周囲への気配りを忘れない晴海なので、その辺りもきちんと分かっていた。

「にゃっ!?」

ボールという単語を耳にした途端、されるがままに撫でられていたごろすけが飛び起きる。状況によってはしばしば忘れてしまう事もあるが、多くの遊びの中では、やはりボール遊びが一番好きなごろすけだった。

「はいはい、分かりました」

孝太郎が近くに転がっていたボールを拾う。

「なー」

するとごろすけは姿勢を正して孝太郎の前に座った。素早い動きは正しい姿勢から生まれるのだ。

「ホレ、行ってこい」

「きゃっ⁉」

孝太郎は晴海に向かってボールを投げた。この展開は予想していなかった晴海は、ボールを受け止め損ね、まるでお手玉でもするかのようにボールを上に弾いてしまった。だがそれはごろすけにはむしろ期待通り、あるいは期待以上の展開だった。

ザザザザッ

「きゃあきゃあっ⁉」

「みゃっ！」

ごろすけは晴海の身体を二度ほど足場に使って華麗にジャンプ、空中でボールを叩き落とした。それは子猫とは思えない程の見事な動きだった。そしてごろすけはそのまま床を転がるボールを追って、何処かへと走り去っていった。

「………ああ、びっくりしたぁ………」

晴海はそんなごろすけを呆然とした様子で見送った。そんな彼女の様子を見て孝太郎は笑い始めた。

「ははははは っ、凄い顔してますよ、桜庭先輩」

「さとみくぅんっ！　もぉっ、いじわるなんだからぁっ！」

「最初にやったのは桜庭先輩ですからね」

「そうですけどっ、私が投げた時とは、ごろすけちゃんの勢いが全然違いましたっ！」

「そこはホラ、俺とごろすけの仲ですから」

「私もごろすけちゃんと仲良くなります！」

「動機が不純ですよ、桜庭先輩」

「ホント、いじわるなんだから……」

晴海にしては珍しく、子供のように膨れっ面になっていた。だが本当の事を言えば表情ほどには怒っていなかった。むしろ孝太郎がこういう風に扱ってくれる事を嬉しく思っていたのだ。出会った頃から、孝太郎は晴海を大事にし過ぎる傾向があった。それは晴海が先輩であった事と彼女が病弱であった事のせいなのだが、ある程度仲良くなってからは、晴海はそれがより親しくなる障害となっていると感じ始めた。そして彼女は今、その壁を打ち破りつつある。嬉しくない筈はないのだった。

「あは、ちゃんと撮れてるね」

「とても良い映像が撮れました。題してコータロー様と子猫！」

そんな孝太郎達の姿を撮影していたのがいつもの二人組、琴理とナルファだった。彼女達は晴海がボールを投げた事に気付き、カメラを回し始めた。おかげで孝太郎に駆け上がる子猫の姿をばっちりカメラに収める事が出来たという訳だった。

「そうだ、ナルちゃんもコウ兄さんにボールを投げてくれれば？」

「そっ、そんな恐れ多い！」

琴理の提案に驚き、ナルファは大慌てで首を左右に振る。すると彼女の虹色に輝く豊かな髪が大きく左右に揺れた。

「コウ兄さんは絶対に怒ったりしないわよ？」

「そうだと思いますけど、たとえスポンジのボールでも、フォルトーゼ生まれの人間にはコータロー様に投げつける勇気はありませんよぅっ」

「でも、将来的には出来るようにならないとね？」

「ううぅっ、自信ないですけど……頑張ります……」

ナルファもまた、晴海と同じ事に挑む人間だった。ただしナルファの場合、打ち破らねばならない壁は彼女の心の中にあった。その壁を破らねば、ナルファはずっと見ている、あるいは撮影しているだけになってしまうだろう。それは彼女の望むところではないのだった。

「そうだナルちゃん、自信ないで思い出したんだけど」

ぱん
琴理は胸の前で手を打ち合わせた。この時の琴理は直前までとは打って変わって、言葉通りに自信なさげだった。

「本当に『アレ』やらないと駄目かなぁ？」

「駄目です。スピーチで私が困っていた時には助けてくれなかったんですから、嫌でもやって貰います」

「そんなぁ～～～」

実はナルファと琴理は新しい動画の企画を練っていた。それは『松平琴理のフォルトーゼ滞在記』というものだった。これは日本でナルファがやっていた『ナルファ・ラウレーンの日本滞在記』とは逆の企画で、フォルトーゼ初体験の琴理の様子をナルファが撮影して配信しようというものだった。

「やっぱりやめようよナルちゃん。私の反応なんか見ても、大して面白くないと思うんだけど……」

「私もそうでしたよ。だから結果なんて気にせずにやりましょう！」

だが琴理はこの企画が不安でならなかった。この『松平琴理のフォルトーゼ滞在記』もナルファの動画同様にフォルトーゼと地球、双方での配信を予定している。ただし地球での配信は少し遅れる。これは映ってはまずいものが映っていないか精査する必要があるからだ。ともかく琴理は地球とフォルトーゼ、その双方に自分の映像の需要があるとは思えなかった。琴理は自分がごく当たり前の少女であり、わざわざ見る程の価値はないと考えていたのだ。

「琴理、お前は普段通りにしていれば良いんだ。ナルファさんはそれを撮りたいんだからな」

不安そうにしている妹に、賢治が笑いかける。賢治はこの時プラスチック製の小さな何かを組み立てていたのだが、妹の様子に気付いてその作業を一時中断していた。

「兄さん………」

「普段のお前が――――つまりごく当たり前の地球の人間が、フォルトーゼの社会や文化にどう反応するのか、フォルトーゼの人達はそれを見たいと思っているんだ。そうだろう、ナルファさん？」

「はい。あと、フォルトーゼの人間はコータロー様の幼馴染が見たくて仕方がありません。だからコトリそのものにも、とっても興味があります」

「――――という事だ。だからただ普通にしてれば良いんだ。むしろ何か特別な事をやろうとすると、それが目的の邪魔になるぞ」

「………兄さんは、意外とこういう事に詳しいんですね？」

「意外とってなんだよ。俺は演劇部だぞ？」

「あっ、そうだったよね。じゃあ、流石兄さん、かな？　うふふふ」

賢治のおかげで琴理に笑顔が戻る。この新しい動画の企画は、賢治と琴理の関係に微妙な変化をもたらしていた。二人がこういう話をするのは今回が初めてではなく、実は既に何度か繰り返されていた。その結果、これまで下がりに下がりまくっていた琴理の賢治に対する評価が、幾らか回復していた。

「普通にしているのはマッケンジー様もですからね？」

「俺も!?　何で!?」

「コータロー様の幼馴染なのはマッケンジー様も同じですもの。だから絶対にフォルトーゼの人間はマッケンジー様にも興味がある筈です」

「俺は要らないだろ!?」

「二人で頑張りましょうね、兄さん。うふふふ……あっ、頑張っちゃ駄目なのか」

この関係の改善は賢治が地球の女性達から切り離された事も影響しているだろう。琴理と賢治の関係悪化は、その原因の多くが賢治の私生活に端を発していたからだ。だがそれは影響の一つだろう。二人の関係が改善した理由は、あくまで二人の間で何度も会話が行われた事にあった。

――ありがとうナルファさん、本当にありがとう……。

だから賢治は胸の中で繰り返しナルファに感謝していた。彼女がこの新しい企画を思い付かなければ、賢治と琴理の関係は最悪のままであった可能性が非常に高かった。だから賢治にとって妹との関係改善のきっかけをくれたナルファには感謝しかなかった。そしてそれだけに、動画の撮影には協力せざるを得ないだろうと考えていた。

『ブラザーマッケンジー、助けて欲しいホ！』

「ん？」

『塗料(とりょう)の調合が上手(うま)くいかないいんだホ！　ブラザーの経験と技術が必要だホ！』

「そうか、ちょっと待ってくれ」

実は賢治はこの時、埴輪(はにわ)達とアルゥナイアのラジコン作りの手伝いをしていた。彼が手にしている小さいプラスチック製の何かは、ラジコンのギヤボックスなのだ。今でこそ演劇部員となり文科系の賢治だが、少し前までは孝太郎と一緒に色々な事をして遊んでいたアクティブな少年だった。もちろんラジコンも孝太郎と同じレベルで経験があり、慎重(しんちょう)な性格ゆえに操縦技術では若干(じゃっかん)孝太郎に劣(おと)るものの、組み立てなどの器用さが必要な作業では孝太郎以上の技量を発揮する。孝太郎とクランが自分の仕事で忙しい今、賢治は埴輪達にとってまたとない助(すけ)っ人(と)だった。

『呼び立ててすまないマッケンジー。儂(わし)の鱗(うろこ)と同じ色でボディを塗装(とそう)したいのだが、調合が上手くいかずに困っているのだ』

「なるほど、塗料は塗る時と乾燥した後で、少し色味が違いますもんね」

今回困っていたのは埴輪達ではなく、アルゥナイアだった。塗料はそもそも調合が難しいのだが、塗装時の下地の色や薄め液の量によっても、微妙に色が違ってしまう。アルゥナイアは自身の鱗の燃えるような赤と同じ色でラジコンのボディを塗りたい訳なのだが、その辺りの事が障害となって作業が停滞していた。

「ちょっとやってみましょう」

『頼むマッケンジー、今は汝が頼りだ』

こうした経験や勘がものを言う作業は賢治の得意分野だ。アルゥナイアの身体を一瞥すると、その色に合わせて塗料の調合を始めた。スポイトを使って複数の塗料を金属製の小皿に移し、混ぜ合わせていく。この時、その量をメモしておく事も忘れない。それを五つの小皿で行い、一番近い配合を見付け出すのだ。その作業には迷いがなく、しかも速い。

見守るアルゥナイアはこれなら安心と満足げにしていた。

『後でオイラ達の組み立ても手伝って欲しいホー！』

『どうもデカールが上手く貼れないんだホー！』

「確かにその手じゃ大変そうだよな。よし、こっちが済んだら手伝おう」

『やったホー！』

『頼れる男だホー！』

賢治は埴輪達とアルゥナイアに大人気だった。厳密に言うと技術ではクランには及ばないのだが、手際の良さは明らかに賢治が上回っている。今の彼らに必要なのは、上級者による専門的な指導ではなく、中級者による初心者にも分かり易く再現し易い指導だ。その意味においては賢治は今の彼らにぴったりのコーチだった。

「コトリ、マッケンジー様は意外と面倒見が良いんですね？」

そんな賢治の姿を見つめる瞳が四つあった。二つはナルファ。

「意外とじゃなくてね、あれが本来の兄さんなのよ。高校生になって妙な事になってしまっただけで」

そしてもう二つは琴理。どちらの目の持ち主も、少し前まで賢治と話をしていた二人だった。二人は埴輪達とアルゥナイアを手伝う賢治の姿を目で追っていた。

「あはははは、いつもコトリが怒っている理由が分かったような気がします」

「ずっとあのままでいてくれると良いんだけど……ふふふ」

今の賢治の姿は、琴理の記憶の中にある自慢の兄の姿そのものだった。子供の頃はああいう賢治の後を追って過ごしていたのだ。そんな賢治の姿を再び見る事が出来て、琴理はとても嬉しく、懐かしく感じている。そしてこういう賢治の姿もまた、琴理の賢治に対する感情を改善させる要因となっていた。

『皆さん、サナエ達の要望でごく短いワープを行いますわ。安全の為、今から少しだけじっとしていて下さいまし』

そんな時、談話室のスピーカーからクランの声が聞こえてきた。『朧月』のワープの準備が整ったのだ。この不必要なワープが済めば、そこからフォルトーゼ本星までは数時間の距離だ。孝太郎達は今と同様に、その時間をのんびりと過ごすだろう。そしてその先は、しばらくのんびりは出来なくなる。彼らには重大な役目がある。その為にやらねばならない事は多く、忙しい日々を過ごす事になる筈だった。

青騎士の帰還　九月二十四日(土)

　フォルトーゼ本星――厳密には惑星フォルトーゼ――は、属している太陽系の三番惑星にあたる。これは太陽の周囲を回る惑星を順番に並べた場合、内から三番目になるのがフォルトーゼ本星である、という意味だ。ちなみにフォルトーゼの太陽系には惑星が八番まで存在している。

　宇宙旅行における最後の数時間に空間歪曲航法を使わないのは、主に安全上の理由からだ。仮に太陽系の外縁部――つまり八番惑星の公転軌道の外側から三番惑星まで空間歪曲航法を行う場合、その移動距離は四十億キロメートルを超えてしまう。僅かな誤差で思わぬ場所へ突っ込んでしまいかねないので、人口が密集する地域に長距離の空間歪曲航法で直接進入する事は法律で固く禁止されていた。もっとも長距離の空間歪曲航法は準備に一日必要なので、太陽系内では多くの場合、通常航行の方が早く着くという事情も大きかったのだが。

許可されているのは、先程の『朧月』のように誤差を無視できるくらいに短距離の空間歪曲航法に限られている。これにはティア達が日常的に使っている、人間が一瞬で遠くまで移動する為の転送ゲート――実は同じ技術なのだ――も含まれている。宇宙旅行に比べれば、地球上や軌道上への転送などは微々たる距離なのだ。

そんな訳で孝太郎達はロケットを噴射する形式の通常の航行方法でフォルトーゼ本星に向かっていた。距離が詰まるにつれ、ブリッジのモニターではフォルトーゼ本星の姿が少しずつ大きくなっていく。孝太郎はブリッジに上がり、そんなフォルトーゼ本星の姿を眺めていた。

「ようやく着いたか……」

孝太郎の口からはそんな言葉が漏れた。孝太郎にとっては、ほぼ丸一日宇宙船の中で過ごした感覚だ。生まれつき活動的な孝太郎なので、談話室で資料を読んで仕事の準備をしていただけのこの一日は窮屈な時間だった。そんな孝太郎の言葉を聞いて、艦長席に座っていたクランは小さく微笑んだ。

「あなたはようやくと仰いますけれど、移動した距離からするとびっくりするほど早い到着ですのよ？」

「俺には宇宙は広過ぎるよ」

孝太郎も小さく笑って肩を竦めた。確かにクランの言う通りで、一千万光年離れた別の銀河への旅が一日――――厳密には十日だが――――で済んだというのは凄まじい早さだ。それは孝太郎にもよく分かっている。だが孝太郎は、この宇宙の広さが上手く想像できないでいた。宇宙なのだから、外国への旅行よりは遠いんだろう、くらいの感覚だった。

「その気になれば銀河の半分を手に入れられる男が、随分小さい事を仰いますのね」

「何もかも大き過ぎるんだよ、俺の感覚にはさ。良いんだよ、六畳間ぐらいが手頃で」

世界はあまりにも広い。人はあまりにも多い。孝太郎はそこまでは求めていない。もっと狭くて構わない。もっと少なくて良い。等身大の自分で守れるくらいの、ちっぽけなもので。

「そこにわたくしの居場所があるなら、どれだけ狭くても一向に構いませんわ」

「………その気になれば銀河の半分を手に入れられる女が、随分小さい事を言う」

「ベルトリオン、わたくしにそう言わせた事を誇って下さいまし」

クランはそう言って目を細めた。彼女も孝太郎と同じ意見だった。彼女が欲しいものはちっぽけなものだ。だがそれは銀河の半分と引き換えにしても良いものだった。

「誇ってはいるんだよ。お前ほどの奴が、俺の為に命を張ってくれるんだからさ」

孝太郎はそう言いながら小さく笑う。流石の孝太郎も、クランや他の少女達がやってくれた事については、認めない訳にはいかなかった。

「あら、素直に認めて下さいますのね？」

クランの笑顔が更に明るくなる。胸の中にあたたかい感情が広がり、それを確かめるように彼女は胸に手を当てた。

「ああ、だから困ってる」

認めているからこそ、孝太郎は誰か一人を選ぶ事が出来ないでいる。そもそも九人全員がいつの間にか孝太郎の心の中に住み着いていたというのに、昨年の戦いでは彼女達全員が命をかけてくれた。つまり孝太郎には九人全員に選ぶべき理由があり、拒絶できない理由もある。そこから一人だけを選ぶのはとても難しかった。

「ふふ、そういうあなたを追い詰めるのは得策ではありませんわね。この話は終わりに致しましょう」

胸の中にあるあたたかい感情が、これ以上は必要ないと言っていた。変に追求すれば、この感情の源を失いかねない。クランにはこれで十分だった。

「助かる……それで俺達はこれから何処へ行くんだ？」

孝太郎は小さく苦笑すると話題を変えた。認めざるを得ない問題ではあるが、この話が続くと困るのは確かだ。クランの配慮(はいりょ)はありがたかった。

「ふふふ、もちろんフォルトーゼに降りますわ」

　クランは微笑んだまま質問に答えた。

「そういう意味じゃなくてだな、宇宙ステーションに行くのか、それとも直接地上に降りるのかって意味だ」

「ああ……このまま『朧月(ろうげつ)』でフォルノーンに降りますわ」

　フォルノーンはフォルトーゼの首都、孝太郎達の目的地だ。惑星の外からそこへ行く方法は、大きく分けて二つある。一つは『朧月(ろうげつ)』を宇宙ステーションにドッキングさせ、そこから転送ゲートを使って地上へ向かうというもの。もう一つは『朧月(ろうげつ)』でそのままフォルノーンの宇宙港へ降りるというもの。今回は後者になる予定だった。

「エルファリアさんが、英雄(えいゆう)の帰還が転送では味気ないと仰っていましたの」

「エルの奴、また何かよからぬ事を考えてるんじゃないだろうな……？」

　孝太郎は通常であれば『朧月(ろうげつ)』で降りると聞いてもそうなのかと思うだけなのだが、エルファリアの希望だと聞くと一抹(いちまつ)の不安があった。

「ふふふ、御心配(ごしんぱい)には及びませんわ。単純に大きなホテルが必要だったからだと思いますわ」

「大きなホテル？　どういう事だ？」

「わたくし達がフォルノーンに着いたら、記者会見があるのは御存じですわよね？」

「ああ。その為に勉強もしたんだからな」

「宇宙ステーションではそれが可能な会場が確保できないのですわ。だからフォルノーンの宇宙港に降りて、ベイサイドホテルの一番大きなイベントホールを使いますの」

「記者会見にはそんな大きな会場は必要ないだろ」

「必要ですわ。出席する記者が一万人以上いらっしゃいますから」

「そっ、そういう規模なのかっ⁉」

出席する記者は一万人以上、それを聞いて孝太郎は思わず仰け反った。孝太郎が想像していたのは日本のニュースで見るような、数十人規模の記者会見だ。その想像のはるか上を行く大規模な記者会見だった。

「ええ。これでも安全面の配慮から、かなり人数は絞ったという話ですけれど」

「あいつ……またお祭り騒ぎにしてやがるな……」

「ただ、今回の騒ぎに関しては、その、エルファリアさんは、特に何もしてらっしゃらないと思いますわ」

ここで急にクランの歯切れが悪くなる。同時に何故かその顔が赤くなっていた。

「……そ、そもそも、そのぉ………わたくしとティアミリスさんは、貴方をフォルトーゼに連れ帰る為に、地球へ向かう事になった訳でぇ………だから国民は当然、そおゆうことだと思い込んでいるとゆうか、なんとゆうかぁ………」

クランは自分の髪を弄りながら、視線を逸らす。そんな彼女の姿を見て、孝太郎は不安が大きくなった。

「というと？」

「要領を得ないな。そういうことってなんだよ？」

「それは………こっ、こおゆう、ことですわ」

ピッ

クランはコンピューターを操作し、何かの映像を三次元モニターに投影する。それはフォルトーゼで放送されているニュースの映像だった。既にフォルトーゼ本星に近く、通信波が届いているのだ。映像は宇宙港に詰めかけた多くの人々の姿だった。その数は明らかに数万人、下手をすれば十万人を超えているかもしれない。人々の表情からは喜びと興奮が読み取れる。彼らは皇女達と孝太郎の帰還を今か今かと待ち侘びていた。

「フォルトーゼの人達……ってこれはっ⁉」

そして孝太郎はそこに予想外のものを見付けた。それは人々が掲げている横断幕やプラカード――に相当する立体映像技術――だった。それらにはフォルトーゼの共通語でこう書かれていた。『青騎士閣下、皇女殿下、ご結婚おめでとうございます！』と。それが人々が大騒ぎする理由。彼らは青騎士と皇女が結婚すると考えていたのだった。

フォルトーゼの国民の多くが、青騎士と皇女の帰還を結婚の為だと考えていた。それはティアとクランが地球へ出発する時に、国民に対してそういう話をしていたからだ。だから自然と国民はティアかクラン、あるいはネフィルフォランあたりが青騎士と結婚するのだろうと思っていた。そういった事情だったので、記者達が最初にした質問は結婚に関するものだった。

「国民の誰もが知りたい事だと思うのですが、この度の青騎士閣下のフォルトーゼへの御帰還は、やはり皇女殿下と御結婚なさる為なのでしょうか？」

質問したのはディーンソルド・ラウレーンという若い記者だった。彼は報道系の情報配信企業であるエコノミック・マスティルに所属しており、切れ味鋭い分析と的確な文章構成で若いながらもその実力は高く評価されていた。実際、昨年の内戦に関する数々の報道で良質な記事を連発し、また皇女から青騎士の正体に迫る発言を引き出す質問をするなどの功績が評価され、今年のジャーナリスト大賞に輝いた。そのおかげで今回の記者会見で一番槍を任されたディーンソルドだった。

「残念ながらそうではない。幾つか事情が重なって、青騎士と共に帰国する事になったのじゃ」

ティアはその質問に緊張気味に答えた。既に多くの記者会見を経験しているので、普段の彼女なら落ち着いて質問に答えただろう。だが相手はディーンソルド、ティアが一番嫌いな記者だった。

「青騎士閣下、その幾つかの事情の中には、御結婚は含まれていないという認識で間違いないでしょうか?」

「そうだ。そもそも私の結婚には時期が早過ぎる。まだそういう歳ではないだろう」

孝太郎の方は落ち着いていた。この部分には嘘は必要なかったし、先ほど国民が興奮気味である事情を知らされた時に、こういう質問は出るだろうと思っていたのだ。

「青騎士閣下は騎士の棟梁であらせられますから、時期的には決して早くはないかと思われますが」

フォルトーゼの身分制度では、騎士は代々子孫に継承されていく身分となっている。しかも戦争で先頭に立って戦うので、結婚は早いほどいい。フォルトーゼでは近代化してから多くの時間が流れていたものの、尊敬を集める騎士家——例えばパルドムシーハ家やウェンラインカー家のような——の後継者が結婚する場合には、国民はそれを歓迎し、伝統が守られると安堵する。それが青騎士であれば、猶更だろう。

「難しい決断が含まれている事も付け加えておこう」

とはいえ青騎士——孝太郎が結婚するという場合、大きく二つの問題が横たわっている。それは孝太郎の国籍問題と、誰と結婚するかという問題だった。

フォルトーゼの法律と皇典によれば、皇族の結婚相手はフォルトーゼの国籍を有する事が必要とされている。これは単純に皇家の乗っ取りを防ぐ為の仕組みであり、皇族が結婚する場合には相手の人間がフォルトーゼ国籍を取得するか、逆に皇族側が皇籍を離脱して一般人になる必要があった。もちろん結婚相手が青騎士である場合は特例を盾に強引に結婚してしまう事も可能だが、後追いで法律や皇典を改正させる羽目になる。それはフォルトーゼの伝統や歴史を軽んじる事になるので、流石に青騎士——孝太郎もそこまでさせるつもりはなかった。それをするくらいなら普通に制度に従って、フォルトーゼ国籍を取得する方が良い。だがそうなると日本は二重国籍を認めておらず、またこの場合に関しては乗っ取り対策でフォルトーゼも例外的に二重国籍を認めないので、孝太郎は日本の国籍から離脱しなければならなくなる。これは孝太郎にとって大きな決断となるだろう。もう一つの理由は単純に孝太郎の選択の問題となる。多くの少女達のうちから一人を選ぶのは簡単な事ではない。やはり大きな決断が必要だった。

「………我々国民は閣下と皇女殿下の御結婚を待ち侘びております」

フォルトーゼの国民にとってはもどかしい状況と言えるだろう。青騎士はアライアの特例を根拠に皇族並みの身分が保証されているが、喜ばしいのはやはり正式に国籍を取得する場合だった。それが起こる可能性が高いのはやはり結婚だろう。ディーンソルドは話の流れで『閣下と皇女殿下の御結婚』と言ったが、結婚が青騎士の国籍取得のきっかけとなるのは、皇女に限った話ではない。相手はルースでもエルファリアでも良いし、偶然出会った一市民でも構わない。青騎士の権利は憲法に明記されているが、法律上の定義が曖昧なので、権利を行使して地球人のまま結婚する場合はどうしても幾らか制度上の問題が生じてしまう。そして青騎士が皇族との結婚で制度変更を避けるのであれば、誰が相手でも制度変更を避けるだろう。つまりこの場合も国籍を取得する可能性が高い、という事になる。そうした意味もあって『青騎士の結婚』はフォルトーゼ国民にとって非常に大きな関心事なのだった。

青騎士が帰還した理由は皇女との結婚ではない――――それが分かった時点で、記者達の一部が会見場を飛び出していく。これは記者会見の第一報を伝える為だった。これだけ注目度が高い会見なので、報道各社は複数人の記者を会場へ送り込んでいる。飛び出していった記者の多くはそうした人間の一人で、残りの仲間達はそのまま会見場で話を聞いている。そして彼らも一定の情報が得られた段階で外へ飛び出していく事になる。そうやって交代しながら情報を発信する事で最新情報を伝えていく手法は、技術が進歩している現代のフォルトーゼでも行われ続けている。セキュリティの観点から会場の中と外の通信には制限があるので、時代を経ても変わらないのだった。

「諸君らの期待に沿えなくて申し訳なく思う」

「そうなりますと……今回の御帰還の理由はどういったものになるのでしょうか？」

結婚ではないなら何をしにやってきたのか――――それは当然の疑問だろう。特に地球とフォルトーゼは一千万光年という果てしない距離で隔てられているので、わざわざやってくる事には大きな理由がある筈だった。

「理由は大きく二つある」

孝太郎は淀みなく答える。こういう展開になる事は分かっていたので、孝太郎は落ち着いていた。

「一つは再建造中の新しい『青騎士』の視察だ。地球で説明を受けたものの、やはり一度確認する必要があった」

ヴァンダリオン派のクーデターに端を発した昨年の内乱において、孝太郎が使っていた宇宙戦艦の『青騎士』は大きなダメージを受けた。『青騎士』は辛うじて自航する事は可能だったのだが、ほぼ大破と言っていいような状態にあり、これを修理するくらいなら新しく造った方が安上がりであると思われた。そこで『青騎士』を再建造しようという計画が持ち上がり、造船ドックでは新しい『青騎士』が造られている。孝太郎は内乱が終結すると地球へ戻ったので、再建造がどのように進められているのかはティア達から伝え聞いただけだ。それを実際に目で見て確認する事が、孝太郎がフォルトーゼを訪れた理由の一つだった。

「それは確かに我々にも理解し易い理由です」

記者のディーンソルドもこの理由には納得だった。確かに青騎士、つまり軍の最高司令官が居ない時にその乗艦を勝手に造り直している状況なので、それを視察して説明を受けるのは妥当な行為だと思われた。これだけでは若干帰還の理由としては弱いかもしれないが、同等の理由がもう一つあるなら十分な理由となるだろう。そんなディーンソルドの考えと同じ結論に至ったのか、ここでも多くの記者が会場の外へ飛び出していった。

「それで、二つ目の理由とは何でありましょうか？」

「二つ目の理由は、責任を取る為だ」

「責任、でありますか？」

ディーンソルドは首を傾げる。孝太郎の二つ目の答えは漠然とし過ぎていた。これだけでは理解も納得もなかった。

「そうだ。昨年の内乱は、幸いな事に何とか鎮圧する事が出来た。だがそれで多くの者が傷付いた。悪いのはヴァンダリオンとその一派だが、私に続いて戦った兵士や守られるべき国民が傷付いた事には、私にもその責任の一端があると認識している。だからそれを少しでも取り返す必要があると考えたのだ。そこでクラリオーサ皇女殿下にお力添えを頂いて、この度こういうものを開発した」

話し続ける孝太郎の背後にある三次元スクリーンに、何かの映像が投影される。それは金属とプラスチックで作られた小さな箱で、映像に登場したモデルの女性の腰に取り付けられていた。会場でこの映像を見た者の中で、従軍経験がある者にはこの箱の正体の想像がついた。標準的な兵士の装備、防御用の空間歪曲場を発生させる装置だった。

「歪曲場の発生装置………？」

ディーンソルドは軍に居た経験はなかったが、多くの軍事関係の報道に携わってきたのでそれが歪曲場の発生装置である事は分かった。だがこの装置と孝太郎が言った『責任』がどう繋がるのかが想像できず、困惑するばかりだった。

「少しだけ違う。これはこういう風に使う為のものだ。………ナナさん、頼みます」

『いぇすっ、まいろーど！』

孝太郎が腕輪に向かって囁くと、そこからはナナの声が返ってきた。聞いているのが孝太郎だけだったから、ナナの声は芝居がかった楽しげなものだった。そしてその直後、孝太郎がいる演壇の右手からナナが姿を現した。

「こんな感じでっ、どうかしらっ！」

ナナは出てくるなり軽快に走り出した。そして孝太郎の数メートル手前で身体を前に投げ出して両手を床に着き、何度かハンドスプリングで回転した後、その勢いのまま大きくジャンプ。空中で何度かくるくると回転した後、孝太郎のすぐ隣に音もなく着地した。その様子は孝太郎の背後のスクリーンにも大きく投影されており、会場にいる全ての記者が目撃した。

「………お見事」

「お褒めに与り光栄です、青騎士閣下」

『おおおぉおぉおぉおぉぉぉぉぉぉぉっ!!』

ナナが孝太郎に笑いかけたのと、会場全体がどよめいたのは同時だった。この小さな少女が何故出てきたのか、何故いきなり派手なアクロバットを見せたのか――ナナが動きを止めた事で、彼らはそれを理解したのだ。

「ご覧頂いた通り、これは防御用の歪曲場ではなく、パワーアシストフィールドという新しい医療機器だ。機械的な義手や義足の代わりに、空間歪曲場を利用している」

今のナナは右側の義手と義足を着けていなかった。その場所には分かり易いように少し色を付けた歪曲場が展開されていて、その代わりをしていた。先程のアクロバットはこの状態で行われた。おかげで誰もが一瞬で理解した。PAFの技術とその先進性を。

「……って、誰も聞いてないな」

「良かったじゃないですか。これはこれで成功です。うふふふ」

同時に記者達は理解した。だから青騎士は帰ってきたのだ、と。そして彼らは怒涛のような勢いで出口に殺到し、会場を飛び出していく。青騎士の結婚は無かったが、これはこれで大スクープ。彼らは誰よりも先に報道しようと必死だった。

　青騎士が医療機器に参入——そのニュースは瞬く間にフォルトーゼの全土を駆け巡った。もちろん銀河に広がる領土にも。だからそのニュースは彼らの所にも届いていた。

「遂に追ってきたかと思いきや、よもやの医療機器参入とはな……」

『医療機器……？　ラルグウィン殿、これはあなた方が利用している防御用のエネルギーフィールドの変種のように見受けられますが』

「そうだ。貴様に理解し易いように言うと……これは魔力だけで作った青騎士の鎧で、瞬間的な着脱が可能な代物だ。その分だけ性能は低い」

『つまり使い勝手の追求という事ですな……興味深いラインを狙ってきましたなぁ』

　ラルグウィンとグレバナスは指令室で三次元モニターを見つめていた。そこには記者が青騎士の帰還とその目的について興奮気味に語る姿があった。ラルグウィン達も青騎士がいずれ追ってくるだろう事は予想していたが、青騎士が医療機器を販売するという事は予想外だった。

「ラルグウィン」

　そうして驚いているラルグウィンに声がかかった。声はラルグウィンが知っている人物のものであったので、その事では驚かなかった。

「戻ったか、灰色の」

「着いたばかりだ」

声の主は灰色の騎士だった。彼は孝太郎達に先んじてフォルトーゼへ向かったが、到着(とうちゃく)したのはほぼ同時だった。堂々と最短ルートを使える孝太郎達とは違って、灰色の騎士は安全の為に少し遠回りをする必要があったのだ。

「それで、確かめたい事とやらは確認できたのか？」

灰色の騎士の到着がラルグウィン達よりも遅(おそ)かったのは、彼だけが単独で地球に残っていたからだ。彼にはどうしても地球で確認したい事があったのだ。

「おおよその事情は理解した。この先どうすればいいのかも分かった」

シグナルティンは虹色(にじいろ)の輝(かがや)きを帯びているというのに、何故かその力が弱い。灰色の騎士が地球に残ったのはその理由を探(さぐ)る為だった。そしてその理由が分かったから、灰色の騎士もラルグウィン一派を追ってフォルトーゼへやってきたという訳だった。

『これからどうなさるおつもりですかな？　シグナルティンの真の力が相手とあっては、簡単には行きますまい』

グレバナスの落ち窪(くぼ)んだ目がキラリと光る。彼も九色の光が揃(そろ)ったシグナルティンには興味があった。グレバナスはシグナルティン――フォルトーゼの王権の剣の脅威は身をもって知っている。また今後グレバナスの目的の障害となる可能性も大きい。グレバナスも多くの情報を必要としていた。

「その通りだ。それだけに準備には時間を要する。しばらくお前達の手伝いをしながら、準備にあたる事にしよう」

シグナルティンの力が弱い理由は解明されたものの、それは灰色の騎士の目的が達成された事を意味する訳ではない。どうすれば目的が達成されるのか、それが分かったというだけなのだ。目的の達成には多くの時間と準備が必要であり、しばらくはラルグウィンやグレバナスと歩調を合わせるのが効果的だと思われた。

『余程の事をなさるつもりなのですな』

「こちらとしては願ったりだが……良いのか？　手伝って貰って？」

「守って貰うだけでは筋が通らん」

時間と保護、必要な物の準備をラルグウィン達に手伝って貰う代わりに、ラルグウィン達の目的の達成に協力する。灰色の騎士はそういう取り引きを持ちかけていた。そしてそれはラルグウィンやグレバナスには必要な取り引きであり、良い意味でも悪い意味でも、断る理由は何処にも存在していなかった。

『私はありがたく御助力いただく事に致します』

「俺もだ。………立つ瀬が変わっても、義理堅い男なのはそのままか」

頷いたラルグウィンの視線が再び立体モニターへ向けられる。映像は青騎士とクラリオーサ皇女の姿に切り替わっており、皇女がＰＡＦの技術的な解説をしていた。

『元々軍用の空間歪曲場発生装置は利用者と周囲の状況を監視して、歪曲場を展開したり強度や範囲を調整する仕組みになっておりますの。今回はその機能を強化して、利用者の動きに合わせてリアルタイムに歪曲場を変形させ、義手や義足として使えるようにしましたの。ですので別段新技術などは使っておりません。医療機器でもありますから、むしろ確実に利用出来る技術に絞って構成しておりましてよ』

ラルグウィンは皇女の声を聞きながら、その背後にいる青騎士の姿を見つめていた。それがラルグウィンの敵。フォルトーゼ乗っ取りの最大の障害であると同時に、叔父を殺した復讐の対象でもあった。

「あれをどう思う、灰色の？」

そしてラルグウィンはふと、灰色の騎士に青騎士の行動についての意見を訊いてみたくなった。灰色の騎士なら青騎士の意図を読めるかもしれないし、単純に灰色の騎士がどう思うのかという事にも興味があった。

「国民への目くらましだろう。あの商品自体は彼らの目的ではないし、我々にとっての脅威にもならない」

灰色の騎士の答えはあっさりとしたものだった。ＰＡＦで福祉に貢献する事が青騎士の狙いではない筈だし、青騎士一派がＰＡＦを使ってもむしろ弱体化するだけだ。彼はＰＡＦを無価値なものだと認識していた。

「そうか？　意外と使い勝手は良さそうだが」

自由に出し入れ出来るパワーアシストスーツ、しかもエネルギー消費は力がかかる時だけなので、非常に長持ちする。色々な局面が想定される戦場では、それなりに役に立つのではないだろうか――灰色の騎士とは違い、ラルグウィンのＰＡＦへの評価は決して悪くはなかった。

「普通の軍ならそうかもしれないが、我々はそうではない」

「魔法や霊子力技術を上手く使う方が効果的という事か」

『はっはっは、なんなら魔法で同じものを作ってさしあげましょうか？』

幸か不幸か、ラルグウィンと灰色の騎士には魔法と霊子力技術がある。それらを使えば簡単にＰＡＦと同等以上の事が出来る。なのにわざわざＰＡＦに注目する意味はない。つまり道具としての評価はどうあれ、ラルグウィン達と青騎士一派の戦いにはまるで絡んでこない道具である、という事になるのだった。

「それよりも恐るべきは、これによって生じる大規模な輸送に紛れて、向こうが軍を展開してくる可能性がある事だろうな」

灰色の騎士が警戒しているのはむしろこちらだった。宇宙戦艦の『青騎士』の再建造と今回のPAFの製造により、フォルトーゼの物流が活性化する。内乱で乱れた経済の起爆剤となる事も青騎士側の狙いの筈なのだ。そしてその大量の輸送に紛れて軍を動かす。ラルグウィン一派は潜伏中なので皇国軍の動きは常に警戒しているが、これによって密かに動かれると困った事になる。PAFそのものよりも、活性化する物流の方が頭の痛い問題だった。

『確かにDKIは青騎士が所有する企業なのですから、皇国軍の隠れ蓑にはもってこいでしょうな』

グレバナスにも灰色の騎士の考えは正しいと感じられた。放置すれば危険が増す。これはグレバナスだけでなく、ラルグウィンも同意見だった。

「厄介だな………」

「青騎士はどうあれ、エルファリアは確実にやってくる。頭のキレは並外れた女だ。手札が増えた状態で、何のカードも切らないとは到底思えない」

灰色の騎士はどちらかというとエルファリアを危険視していた。隠れ蓑そのものより、それを手に入れたエルファリアが危険だと思っていたのだ。

「そうか、あの女狐とも面識があるんだったな、貴様は」

「………古い話だ」

「ともかく、何か対策が必要だな」

『フゥム………とりあえず、港の監視を強めるのが宜しいでしょう。古い手ではありますが、皇家と青騎士が相手では書類や記録を調べても尻尾は掴めないでしょう』

物流は誤魔化せても、人の移動は誤魔化せない。輸送用の宇宙船と旅客用の宇宙船には明確な違いがあるからだ。その増減を監視するのは良い手だった。このあたりの事情は二千年前と変わらなかった。

「相手はルールを決める側だからな、こちらの初動が弱いのはやむなしか。よし」

ラルグウィンはすぐに動き出した。情報部門の担当者を呼び出し、近隣の港や空間歪曲航法の中継地点などを監視するように指示していく。そんなラルグウィンの様子を見ていたグレバナスは小さな違和感を覚えた。

『ところでラルグウィン殿、いつも連れていた副官はどうされました？』

違和感の原因はラルグウィンの副官が居ない事だった。本来そうした細かい指示や調整は副官――ファスタがやっていたので、ラルグウィン自身がやっていると違和感があったのだ。

「ファスタは遠隔地の任務にあたっている。あいつの専門ではないが、まだこちらの手駒が不足していて、任せられるのがあいつしかいなかった」

ラルグウィンはコンピューターを操作する手を休め、淡々とした調子でそう答える。それが済むと何事もなかったかのように作業を再開した。

『なるほど、我々には任せられない性質の任務という事ですな』

「そう解釈して貰って構わない」

『ほっほっほ、こわいこわい』

グレバナスはラルグウィンの言葉をそのままの意味で受け取ったが、灰色の騎士はそうではなかった。言葉の裏に何かを感じた灰色の騎士は、今もコンピューターを操作しているラルグウィンに目を向けた。

「………」

だが灰色の騎士はそれ以上は何もしなかった。言葉をかける事もなかった。ほんの数秒間ラルグウィンを眺めた後、あっさりと背を向けて指令室を後にした。灰色の騎士にもやらねばならない事は山積みだった。

ディーンソルド・ラウレーンはナルファ・ラウレーンの兄だ。会見場にやってきたのは仕事だからだが、そこに妹が居るとなれば会わない理由は無い。記者会見やその事後処理が済んだ時点で、二人は数ヶ月ぶりに再会した。

「お兄様！」

「ナルファ!? よせ、走るんじゃない！」

ナルファがディーンソルドを見付けて走り出した時点で、彼は彼女がつまずく事を察して走り出していた。

「きゃぁあぁぁぁ――――」

「言わんこっちゃない！」

そして案の定、ナルファが床の僅かな段差に足を取られる。ディーンソルドは吹っ飛んでくる妹を受け止めようと両腕を広げた。

「――ぁぁぁぁあっ、とっとっとっとぉ………、セーフ！」

だがここでディーンソルドには予想外の事が起こった。悲鳴を上げながら体勢を崩したナルファが、自力で立て直したのだ。彼女はまるで着地したスキージャンプの選手のように両腕を左右に広げてディーンソルドの前に立った。

「お久しぶりです、お兄様！」

「しばらく見ないうちに成長したな」

数ヶ月ぶりに向かい合った妹は、少しだけ背が伸びていた。また、転ばなかった事も評価ポイントだった。以前なら間違いなく転んでいた局面だったから。

「えいっ！」

だが転ばなかったのに、結局ナルファはディーンソルドに抱き留められた。彼女が自分でディーンソルドに向かって飛んだからだ。久しぶりに会った兄に素直に甘えるナルファだった。

「……前言撤回。お前はまだまだ子供だ」

妹に抱き着かれるのは構わないのだが、ここには多くの目がある。少し離れた所には仕事仲間が居るし、ナルファの方の連れも居る。そうした人間の目が恥ずかしいディーンソルドだった。そして、その目のうちの一つが二人に歩み寄った。

「あはは、ナルちゃんもお兄さんの前だと甘えん坊なのね」

「おや、君は確か……」

ディーンソルドは近付いてきた少女に見覚えがあった。ナルファが作った動画に度々登場する少女だったから。だが咄嗟にその名前が出てこない。言い慣れない異国の名前だからだった。

「初めまして、松平琴理です。ナルちゃんの友達です」

ディーンソルドが思い出す前に、少女――琴理は自己紹介を始めた。そしてディーンソルドに向かって深々と頭を下げる。するとディーンソルドは慌ててナルファを床に下ろし、琴理に向かって同じ事を始めた。

「ディーンソルド・ラウレーンです。いつも妹がお世話になっております」

そんなディーンソルドの礼儀正しい姿に琴理は好感を抱いた。妹のナルファとの仲も良いようだし、良いお兄ちゃんなんだろうな、という想像が出来た。

「お世話だなんて。ナルちゃんと仲良くなれて毎日楽しいです」

「でも、危ない事がいっぱいあったんじゃありませんか？」

「お兄様っ、そんな事はありませんようっ！」

「あはは、ナルちゃんが危ない時の担当はコウ兄さんですから全然大丈夫でしたよ」

「コウ兄さん？　ああ、確かコトリさんにはお兄さんがいらっしゃるそうですね」

ディーンソルドはナルファからのメールで、琴理には兄がいる事を聞かされていた。だから自然と『コウ兄さん』はその兄だと考えたディーンソルドだった。

「そうじゃなくって……コウ兄さん、ちょっとー！」

「んー？　呼んだかー？」

「コウ兄さんは私の幼馴染――」

「あっ、あっ、青騎士閣下ぁぁぁぁぁ!?」

琴理に呼ばれ、近付いてきた『コウ兄さん』。その姿を目にした瞬間、ディーンソルドは驚愕のあまり限界まで目を見開いた。

――『コウ兄さん』のコウって、青騎士閣下の本名のコウだったかっ!!　まっ、まさかそんな事がっ!?

ディーンソルドの顔から血の気が引く。優秀な記者であるが故に、ここまでの話の流れから気付いてしまったのだ。どうやらフォルトーゼの伝説の英雄に、危なっかしい妹の世話をさせていたようだ、と。

「あれ、あなたはさっきの……」

「青騎士閣下、妹が大変ご迷惑をおかけしましたっ！」

記者会見ではあれだけ堂々としていたディーンソルドだが、この時はまるで悪戯が両親にバレた子供のように動揺していた。伝説の英雄に子守りをさせたというのは、やはり彼にとって絶望したくなるような出来事だった。

「妹……？　話が見えないんだが……」

「コータロー、こやつはディーンソルド・ラウレーン。ナルファの兄じゃ」

孝太郎は首を傾げたが、隣にいたティアにはすぐに分かった。ディーンソルドは内戦の頃に度々ティアを悩ませた有能な記者であり、ティアは彼の事が嫌いだった。だからその顔はしっかりと覚えていた。ナルファが留学生に選ばれたのは、そういうディーンソルドの功績が多少影響しているので、彼がナルファの兄である事も知っていた。

「ナルファさんの、お兄さん？」

「はいっ！　私のお兄様とは思えないくらい、優秀です！」

ディーンソルドはナルファの自慢の兄だった。彼が報道の賞を取った時には、ナルファも自分の事のように喜んだものだった。今もそうで、その自慢の兄を孝太郎達に紹介出来る事が嬉しかった。

「そしてこやつは、そなたがナルファを日常的な危険から守っておったと知って、ビビり散らかしておる」

「別に大した事ではありませんよ、ディーンソルドさん」

孝太郎は普段の調子でディーンソルドに笑いかけた。孝太郎も会見が終わったので騎士団の制服を脱ぎ、私服に着替えている。口調も普段のそれだ。今の孝太郎は普通の高校三年生であり、普通に目上の人物に敬意を払う丁寧な態度だった。だが恐縮するディーンソルドにはそういう孝太郎の変化に気付く余裕は無かった。

「しかし青騎士閣下に妹のお守りをさせていたとあっては――」

「ウチにも危なっかしいのは多いですから、いつもの事です」

孝太郎はそう言って笑うと横目でちらりと背後を見る。そこには騒動を聞き付けて歩み寄ってくる少女達の姿があった。

「あたしは危なっかしくないぞ！」

「そうだそうだ、あたし達早苗ちゃんズは断固抗議する！」

『……そうかなぁ、私は危なっかしくて仕方がない気がするんだけど……』

強固に抗議したのは『早苗ちゃん』と『お姉ちゃん』の二人。彼女達には我こそは孝太郎の天使という自負があるので、この言われ方は心外だった。逆にその通りだなぁと思ったのは『早苗さん』だが、彼女の意見は通らなかった。

「私以外のぉ、危なっかしい人って誰でしょうねぇ？」

ゆりかは自分が危なっかしいという自覚はあった。しかし孝太郎の言葉は複数人に向けられている。だが早苗達は自分達じゃないと強く主張していた。だとしたらそれは誰であるのか——ゆりかはしきりに首を傾げていた。

「多分、私の事だと思うわ」

そんなゆりかに真希が笑いかける。真希にも自分が危なっかしいという自覚があったのだ。するとゆりかは首を大きく横に振った。

「真希ちゃんは違いますよぅ。かなりしっかりしてますぅ」

「私の問題は不安定な精神面だと思うわ。自分が後ろ向きな考え方をしやすいという自覚はあるもの」

ゆりかからは真希が優等生に見えていた。高校生としても、魔法少女としても。だが真希自身はそういう表面的な部分ではなく、自分の内側に問題があると考えていた。真希は自分の心の中に、とても暗い部分がある事を自覚していたのだ。

「最近は違いますよぅ。ごろすけちゃんが来てからは特にそうですぅ」

「そうかしら……だったら、嬉しいのだけれど……」

真希は再び笑う。ゆりかに言われて気付いたのだが、確かにごろすけが来てくれた時から、物事を前向きに捉えるようになった気がしていた。ごろすけの世話で後ろ向きに考えている暇がなくなったという事情もあるだが、どちらにしても良い事なのは間違いない。だから真希の笑顔は明るかった。

「だから言っただろうナルファ！　お前に留学はまだ早いって！」

一方ディーンソルドの方はどうかというと、やはり孝太郎の言葉だけでは納得出来ない様子だった。動転した彼の感情の矛先はナルファに向いていた。

「ウッ、それは確かに……ごめんなさい、お兄様……」

留学前は兄を心配性だと考えていたナルファだったが、実際に留学して数々の失敗をやらかした後では残念ながら兄が正しかったと認めざるを得ない。ナルファは肩を窄めて俯いてしまった。

「キンちゃんの友達なら、それだけで俺には守る理由になります。ナルファさんの個人的な部分を知った今は、その理由すら必要なくなりましたが」

「そうよナルちゃん！　私達に迷惑をかけない為にナルちゃんが地球に来なくなったら、私は友達が一人減っちゃうのよ！　それに迷惑だと思った事なんて一度もないわ！」

孝太郎にとってナルファは、最初は琴理の友達の留学生だった。今は孝太郎自身の友達だと思っている。それだけでナルファを守るには十分だったし、迷惑だと思った事もなかった。これは最初にナルファと友達になった琴理も同じ意見だった。特に琴理の場合、内向的な性格が改善傾向なのはナルファのおかげなので、その気持ちは強かった。

「ディーンソルドよ、おそらく地球におるナルファの他の友達も、同じように思っておるじゃろう。留学生の中では、ナルファが一番よくやっている。危なっかしいところを差し引いても、評価が全く揺らがぬ程にな。フォルトーゼと地球の交流の先頭に立っておるのは、間違いなくナルファじゃ。そなたも妹の功績を誇るがよい」

「……皇女殿下……勿体ないお言葉です……」

そして最終的にディーンソルドの動揺を収めたのは、意外にも彼を敵視しているティアの言葉だった。地球に行った事で、ナルファには多くの友達が出来た。彼ら彼女らはナルファの事を迷惑だとは思っていないだろう。そしてそれは地球とフォルトーゼにとって一番大切な事、お互いがただの人間であると伝え合うという事。その意味においてはナルファ程に上手くやっている留学生は他には居なかった。仮に彼女の動画が高い評価を得ていなくても、彼女自身の評価は変わらないだろう。

「……随分地球で頑張ったようだな、ナルファ」

「初めての事に右往左往していただけですけれど……えへへ」

自慢の兄に褒められて、ナルファは嬉しそうに微笑む。兄に評価して貰えた事は、彼女にはとても嬉しい事だった。

――良かったね、ナルちゃん……。

その気持ちは琴理にもよく分かる。だから琴理は微笑み、黙って二人の様子を眺め続けた。

「そうだ、ちゃんと言ってなかったな。おかえり、ナルファ」

「ただいま帰りました、お兄様」

　こうして兄妹(きょうだい)の関係は落ち着きを取り戻し、改めて再会を喜び合ったのだった。


　仕事があるので、ディーンソルドは挨拶(あいさつ)もそこそこに去っていった。ナルファとは事が済んで自宅に帰ってから、ゆっくり話せばいいのだ。もちろん事情は孝太郎達も同じで、今日はまだゆっくりする余裕は無い。今は次の用件を片付ける為(ため)に、乗り物に乗って移動している最中だった。

「良い人だったな、ディーンソルドさん」

　そう呟(つぶや)く孝太郎の視線の先には窓があり、その向こう側を風景が流れていく。移動に使っているのは空間歪曲(わいきょく)技術により飛行する車両で、地球で言えばヘリコプターと高級車、両方の特性を持ったような乗り物だと考えると分かり易(やす)いだろう。おかげで流れていく風景の速度はとても速かった。

「性悪(しょうわる)じゃ！　わらわは好かん！」

孝太郎はディーンソルドを高く評価していたが、ティアは相変わらず彼が嫌いだった。かつて記者会見で苦しめられた事をまだ根に持っていたのだ。

「あれは仕事だからだろう。ああいう場面でフレンドリーな方が、むしろ問題なんじゃないか？」

「関係ない、そんな事！」

「俺は好きだけど、ディーンソルドさん」

「間違いなくコウと同じタイプだったもんな、苦労性の」

賢治も孝太郎と同じく、ディーンソルドの評価は高かった。彼の場合は妹を持つ兄として、共感する所が多かったのだ。実際、賢治自身も今年高校に入学した琴理が心配でしょうがなかった。またディーンソルドが親友の孝太郎と似た雰囲気を持った人物だという事も、評価が高くなる一因だった。

「あの人とは仲良くなれる気がする。まあ、その暇は無いかもしれないが」

「お前が帰ってきたとあれば、向こうは仕事が一気に増える訳だからなぁ」

そもそも孝太郎は忙しい。そして孝太郎が忙しいという事は、記者のディーンソルドも忙しくなるという事だ。そんな二人が交流を持つ時間は取れないだろう。孝太郎はそれが少しだけ残念だった。

「里見さん、そのお仕事の事なんですけれど……」

　そんな孝太郎にナナが声をかける。孝太郎達が使っている乗り物にはナナも同乗していた。会見におけるアシスタントの役目は終わったので、彼女の事は途中で彼女の目的地に降ろしていく事になっていた。

「……早速ウチの方から注文が来ています」

　ナナはそう言うと孝太郎に腕輪を見せた。腕輪はメールの着信を示すグリーンの明かりが灯っていた。

「ウチっていう事は、ネフィルフォラン隊からって事ですよね？」

「ええ。ＰＡＦの仕様を見て、連隊長がいち早く導入を決めたみたいです」

　ナナは今も引き続きフォルサリアからフォルトーゼに出向している状態であり、ネフィルフォランの連隊で副官を務めている。だから彼女が言う『ウチ』はフォルサリアではなく、ネフィルフォラン連隊だった。

「早いな。仕様を公開して幾らも経ってないんじゃないか？」

　孝太郎はネフィルフォランが早くも導入を決めたという事に驚いていた。ＰＡＦの詳しい資料を公開したのは記者会見の直後であり、それからまだ一時間も経っていない。すぐに確認して、間髪容れずに発注してきたようなタイミングだった。孝太郎がネフィルフォランの決断の早さに驚くのも無理はないだろう。

「それに元々軍の技術だったんだぞ？　何で欲しがるんだ？」

疑問はもう一つあった。ＰＡＦは軍用の歪曲場発生装置を作り替えたものであって、新技術はまるでない。それを軍が欲しがるという点が、孝太郎には不思議だった。そんな孝太郎の疑問に答えたのはクランだった。

「皇国軍は防御用の空間歪曲場発生装置も、パワーアシストスーツも持っていた。でも空間歪曲場を利用した、携帯できるパワーアシストスーツというアイデアは持っていなかったのですわ」

重要なのは技術ではなく、その技術をどのように使うかという点だった。今回は二つの技術を一つにした事で、かつてない商品が生まれた。軍が持っていなかったのは、そういう両者を組み合わせる発想だったのだ。

「おやかたさま、軍の場合は急に重量物を運搬する必要が出た時などに、非常に便利なのではないかと思われますが」

「………怪我人の運搬や大型砲の設置、障害物の撤去、タイヤの交換………ちょっと考えれば、俺でもすぐにそれぐらいは思い付くもんな」

ネフィルフォランが注目したのは、持ち運びが簡単で着脱が容易なパワーアシストスーツであるという点だった。軍隊にとっては、突発的なトラブルに対応するには確かに便利な道具だった。

「他にも持ち物が限られる任務では有用じゃろう。軍用のアシストスーツは大きいし目立つからのう。わらわなら偵察や強襲、空挺部隊あたりにPAFを持たせる」

「拠点防衛なんかは従来型って事か」

「うむ。パワーでは従来型が圧倒しておるからな。要は任務ごとの使い分けじゃな」

ティアのこの指摘にも説得力があった。部隊と任務によっては、従来型のパワーアシストスーツよりも有用な局面が幾つも考えられる。孝太郎もティアのこの考え――そして恐らくネフィルフォランの考え――はもっともだと感じていた。

「それと魔法使い対策としても有用だろう。酸素タンクを備えたモデルがあれば、ガスや毒を使った攻撃に瞬間的に対応できる」

キリハはネフィルフォランが防御的な利用も考えているだろうと踏んでいた。ナナはそんなキリハの言葉に大きく頷いた。

「私は、連隊長はそれを一番狙っているんじゃないかって思うわ」

「魔法への対策は、部隊全体の死活問題だもんな」

ネフィルフォラン隊は今後も引き続き孝太郎達と足並みを揃えて戦う事になるので、敵からは魔法で攻撃される事が予想される。それに対応する為にもＰＡＦは有用だった。

「また救命胴衣の代わりにも使えるだろうし、簡易宇宙服という使い方も可能だろう」

「なるほど、軍も欲しがる訳だな、そりゃあ……凄い物を作ったな、クラン」

「褒めて頂いて光栄ですけれど、これは結果論ですわ。わたくしはここまでの利用は考えておりませんでしたもの」

「進歩というのは得てしてそういうものだ。地球では、真空管は電球の研究から派生した技術――つまり結果論だ。同様にクラン殿は胸を張って良いと思うが」

「キィ……貴女にそう言って貰えるのは光栄ですわ」

褒められて照れ臭そうにしていたクランが、キリハの言葉に微笑む。その笑顔はキリハの言葉通り、少しだけ誇らしげだった。この時キリハが真空管を例に挙げたのは、クランの部屋には真空管アンプが飾られているからだ。だからクランには理解し易く、感情的にも納得し易かった。キリハらしい優れた言葉選びと言えるだろう。おかげでクランは少しだけ胸を張れた、という訳だった。

「ちなみにＰＡＦを評価をしているのはネフィルフォラン殿下だけではございません」

しばらくコンピューターとにらめっこをしていたルースがここで顔を上げた。彼女の表情も明るい。フォルトーゼの騎士であるルースなので、ＰＡＦ、ひいてはクランの評価が高い事は彼女にとっても誇らしい事だった。

「どういう事ですか、ルースさん？」

孝太郎もそこに興味があった。口に出しては言わないものの、クランが褒められているのは悪い気分がしない孝太郎だった。

「ＤＫＩの株価がまた急激に上がっています。一番上がっているのは医療機器の製造を担う系列会社ですが、それに引き摺られるようにして全体の株価が上がり始めています。またこの傾向は材料系の取引先の企業にも波及しつつあります」

ルースはコンピューターを操作して空中にデータを投影し、一堂に主要な株価が見えるようにしてくれた。すると確かにＤＫＩメディカルの株価が突出して上がっており、会見直後であるにもかかわらず既にストップ高に迫る勢いがあった。またＤＫＩの製造部門はメディカルにパーツを提供するとみられる事から、どこも株価が上がり始めていた。それに加えてＤＫＩと取り引き実績がある素材メーカーも、今後しばらくは業績が好転するとの予測から、買いの注文が増え始めていた。

「この傾向が様々な分野に波及していけば、内乱でダメージを負った経済が上向くのではないかと期待されています」

「エルとしては、まずは上々な滑り出しというところだな。そうか……お祭り騒ぎはこの為に必要だったんだな」

「うむ、母上は今回のＰＡＦと再建造中の『青騎士』の騒ぎを融合させて、フォルトーゼ全体の経済を活性化させようとお考えじゃった」

医療機器と宇宙戦艦、それぞれを単独の商品として見ると、経済への影響は少ないと言える。だが例えば、国民に再建造中の『青騎士』を見に行きたいとか、ＰＡＦを体験したいという気持ちを持たせる事が出来れば、その為の人の流れを作る事が出来る。そして人の流れには当然、交通機関や飲食店の利用がついて回る。また外出したついでに買い物をする者もいるだろう。経済とは実態だけでなく、国民のメンタルにも大きく影響されるものなので、エルファリアは孝太郎の帰還をその起爆剤として利用する事を考えた、という訳なのだった。

「あいつはやっぱり只者じゃないな………」

孝太郎は刻々と変わるデータを見ながら、そう呟いた。見た所、素人の孝太郎でもそれと分かるレベルでエルファリアの目論見は成功しつつあった。どんな事でも国を良くする為に利用しようとするエルファリアの姿勢は、孝太郎も感心せずにはいられなかった。

「ふふん、母上は偉大なのじゃ。見直したか？」

ティアも上機嫌だった。だが厳密に言うとティアが上機嫌である理由は孝太郎とは少しだけ違っている。ティアもエルファリアが結果を出しつつある事が嬉しいのだが、実はそれ以上に、孝太郎がエルファリアの事を楽しそうに話しているのが嬉しかったのだ。孝太郎とエルファリアの関係はティアには分からない事も多いのだが、二人の仲が良い事は二人を愛してやまないティアにはとても嬉しい事だった。

「まあな、流石皇帝陛下ってところかな。……そういや、再建造中の『青騎士』の話はどうなってるんだ？」

そんなティアの気持ちも露知らず、孝太郎は話題に上った『青騎士』に注目する。だがティアは特に気分を害した風もなく、笑顔のまま孝太郎の疑問に答えた。エルファリアとの事は、孝太郎と二人きりの時に訊く方がいいのだ。

「うむ、順調に進んでおる。造船ドックが完成して組み立てを始めたばかりなので、宇宙船としてはまだバラバラなのじゃが、プロジェクト全体としては……四十パーセントといったところじゃろうか」

「設計が終わり、パーツの確保の目途が立って作り始めた訳だから、そんなところか」

「ＰＡＦと『青騎士』、二つのお祭りを始めるタイミングは完璧だ。我の目からもエルファリア殿の手腕は見事と言うしかないな」

キリハの読みでは、ここから騒動は更に大きくなっていくと思われた。その二つの始まりを同じタイミングに揃えたエルファリアの判断力と準備の手際の良さは、キリハも舌を巻くほどのものだった。

『皇女殿下、そろそろネフィルフォラン連隊の駐屯地に到着します』

ちょうどそんな時の事だった。クランの腕輪から、人工知能の声が聞こえてくる。孝太郎達を乗せた乗り物は、最初の目的地に到着しようとしていた。

「あら、もうそんな時間ですのね。……ナナ、そろそろ着きますわよ」

「あ、はい、ありがとうございます！」

最初の目的地はネフィルフォラン連隊の駐屯地だった。移動のついでにナナをここまで送ってきたのだ。だから当然、ナナはここで降りる。彼女は自分の荷物を担いで、出口へと向かった。

「あっ、そうですわ！　ナナ、貴女に一つＰＡＦを差し上げますわ！　活用して下さいまし！」

そんなナナの背中にクランが声をかけた。ナナの身体は人工の四肢に置き換わっているので、ＰＡＦがあると便利な筈だった。だが振り返ったナナは首を横に振った。

「ご厚意は嬉しいのですが、それは本当に必要としている方に差し上げて下さい。今は一つでも多く必要な筈です。私には皆さんが作って下さったこの身体がありますから、必要ありません」

そう言った時のナナは笑顔だった。そこからはまるで天使のような、優しくも強い意志が感じられた。全員が思わず見惚れてしまいそうな程に。おかげでそれに対するクランの言葉は僅かに遅れた。

「………あ、で、でも、一人でも全ての義肢を外して、お風呂に入れるようになりますわよ？」

クランはナナの不自由な生活を改善できると思ったからPAFを勧めた。ナナも十分にPAFが必要な人間である筈だから。だがナナはこの言葉にも首を横に振った。

「その時はゆりかちゃん達に頼ります。最近は、時には人に頼っても良いんだと、そしてそう出来る事は幸福なんだと思うようになりました」

ナナは相変わらず笑顔だった。その笑顔を改めて見たクランは、彼女自身も小さく微笑むと、ナナの説得を諦めた。

「なるほど……そういう事でしたら確かに貴女には必要ありませんわね。引き留めて悪かったですわ、ナナ」

「いいえ、殿下が心配してくださった事はとても光栄でした。それでは皆さん、失礼します！」

最後にナナは深々と頭を下げると、折しも開いたばかりのハッチを抜け、乗り物から降りていった。

「………流石は元・天才魔法少女。あっぱれな心意気じゃ」

再びハッチが閉じられた後も、ティアの視線はハッチに向けられていた。彼女の目には少し前までそこにいたナナの笑顔が浮かんでいた。

「えへへへぇ、あの人は私のお師匠様なんですよぉ♪」

ゆりかはナナがティアに褒められてご機嫌だった。ゆりかはそれを我が事のように喜んでいる。無論、お風呂の手伝いは喜んでやるつもりだった。

「あの天使みたいな外見で、心の中まで天使みたいだなんて、反則よね～～～」

逆に溜め息をついたのは静香だった。さっきのナナの姿は、同じ女の子として、負けを認めざるを得なかった。あんな少女――厳密には年上なのだが――が存在して良いのかと思う程に。

「大家さん、そうはいってもあれで色々と悩みはあるみたいですよ」

孝太郎はナナが常に天使ではない事を知っていた。ナナにも悩みはあり、怖がっている事も、避けたい事もある。ナナは静香同様に、生き方を模索する一人の少女だった。

「………」

　そんな孝太郎の言葉を聞き、静香は孝太郎をじっと見つめる。静香はナナが出ていくその時に、一瞬だけナナの視線が孝太郎を撫でていった事に気付いていた。そして思った。ナナのお風呂を手伝ってあげるのは、ゆりか以外の人間かもしれないと。

「どうしました？」

「……いいえ、べっつに〜〜〜」

　別にと言う割に、その頬は少し膨らんでいて、口も少し尖っていた。実はちょっとだけ孝太郎に不満がある静香だった。孝太郎はそんな静香の様子が不思議だったのだが、何だろうと思いつつも話を続けた。

「それに大家さんだって、時々ああいう感じの時ありますよ」

「ホ、ホントにっ⁉　ホントにそう思う里見君っ⁉」

　しかし彼女が不満そうにしていたのは僅かな時間だった。孝太郎の言葉を聞いた瞬間、彼女の不満は跡形もなく消し飛んでいた。

「ええ。自分では分からないもんですって。それに分かってたら意味が変わりますし」

　ナナが天使のように見えるとしても、それを自覚して意図的にやっているのだとしたら本物の天使ではなく計算されたただの演技だ。だから孝太郎はこの時、静香にも自覚がないのは、それが本物である証拠だと思っていた。

「や～～だぁ～～～、もぉ～～～里見君ったらぁ～～～！」

　ばぁんっ

「ぐほっ」

　突然、静香が孝太郎の背中を叩いた。静香の鍛えられた身体から繰り出されたその一撃は大したもので、思わず孝太郎の息が詰まった。

「げほっ、げほっ……………」

「みんなも聞いてるんだからぁ、急に恥ずかしい事言わないでよぉ～もぉ～～～！」

「あいたたた………」

「孝太郎、静香の手の形に赤くなってるよ」

　感情が昂った静香は思いのままに手を振ったので、威力の加減が出来ていなかった。おかげで早苗が孝太郎の服の中を覗き込んだ時、背中にはくっきりと彼女の手形がついていた。とはいえそれを機に静香の機嫌が直った訳なので、何故そうなるのかと不思議に思いつつも、まあいいかと思う孝太郎だった。

「………おい、琴理」

「何ですか、兄さん？」

「どう見ても―――」

　どう見ても付き合っているだろう、あの感じ。賢治は妹の琴理に向かってそう言おうとした。賢治は多くの女性と付き合ってきた事を琴理に非難されていたので、孝太郎だけが非難を免れている状況に不満があった。あったのだが。

　きゅぴーん

　それを実際に口に出す直前、賢治の脳裏に閃くものがあった。それはとてつもなく恐ろしいものの到来を思わせる、嫌な予感だった。

「――どう見てもあのビルの高さ、二キロくらいあるぞ」

「え？　あっ、本当だ！　すっごい高さだね！」

　賢治は持ち前の危機管理能力を如何なく発揮し、本来言う筈だった事とは違う事を口にした。余計な事を口にして、持ち直しつつある妹との関係を破壊するほど賢治は愚かではない。そしてその判断は大正解だった。

　ラルグウィン一派は孝太郎達に二週間ほど先んじて、フォルトーゼに帰還した。そしてラルグウィンの副官であるファスタは、その時点からラルグウィン一派を離れ、フォルトーゼ星系から遠く離れた地方の星系にある農業惑星にいた。

「……ごめんなさいね、そこからこっちへは来て欲しくないの」

ドンッ

ファスタはライフルを無造作に構え、軽く狙っただけで発砲する。発射された銃弾は一キロ余りの距離を一瞬で駆け抜け、そこを歩いていたハイエナ――に似た現地に生息している獣――の足元に命中した。

パンッ

すると銃弾は大きな音を立てて弾け、赤い色のついた煙が周囲に立ち込める。ファスタが使った銃弾は、獣を追い払ったり人間相手に警告をする為の、特別な銃弾だった。これに驚いたハイエナは、群れの仲間達と共に、慌てて後方の茂みの中へ逃げ込んだ。

パンッ、パンッ

続けてファスタは、その茂みの目の前に数発の銃弾を撃ち込む。すると茂みはしばらくガサガサと揺れ続け、やがて静かになった。ハイエナは銃弾に追い立てられ、茂みの先に続く深い森へと逃げていった。

「よし……これでいい。しばらくこっちへは来ないで頂戴ね」

これがファスタの今の任務だった。彼女は農場へ近付く獣を追い払ったり、農場全体を歩いて施設の故障や破損がないかを見回ったりと、大農園を守るいわゆるレンジャーの仕事をしていた。そしてここはラルグウィン一派の農園ではなかった。彼らとの繋がりが全くない、ただの民間の農園だった。

「見ていたよファスタさん。若いのに良い腕だねぇ」

射撃を終え銃を下ろしたファスタに声がかかった。それは農道を歩いてきた一人の老人だった。老人はファスタに笑いかけていた。

「ありがとうございます」

ファスタは老人に笑顔を返すと、軽く頭を下げた。ファスタがこの仕事に就いたのはつい一週間前の事だった。彼女が勤める大農園は、この老人とその夫人が二人で経営していた。農園全体が自動化されているので、これまでは老夫婦だけでも経営には問題は無かったのだが、二人が歳を取るにつれて大きな農園を見回る仕事が辛くなってきていた。そこで求人を出したところ、応募してきたのがファスタだった、という訳だった。

「お嬢さんのおかげで、もう何年か続けられそうだよ」

「そんな。もっと頑張って続けて下さい。微力ながら応援致します」

「ほっほっほ、嬉しい事を言ってくれるねえ……そうさのう、青騎士閣下が良い物を作ってくれるそうだし、頑張ってみようかのう」

「青騎士閣下？」

「おや、まだニュースを見ておらんのか？　ほっほっほ、ファスタさんは本当に仕事熱心じゃのう」

ピッ

老人は自分のポケットから携帯用端末を取り出すと、ファスタにも見えるように、空中に最新ニュースの映像を投影した。幾つものメディアが多くのニュースを流していたが、使われている映像は青騎士ばかり。フォルノーンカルチャーというメディアだけは頑固に子供向けアニメを流していたが、他は青騎士一色だった。

「これは……一体何の騒ぎですか？」

「青騎士閣下がフォルトーゼに帰還して、所有なさっている企業から医療機器を発売する事にしたらしいんじゃよ」

老人が更に端末を操作すると、問題の医療機器を解説している映像が映し出された。

――これは……歪曲場発生装置を改良した携帯用のパワーアシストスーツか？

少し前まで軍人であったファスタには、それが何であるのかがすぐに分かった。決して強力ではないが、持ち運びが簡単で、何時でも何処でも利用出来る。新機軸のパワーアシストスーツだった。

「これさえあれば、儂もうしばらく働けそうだと思うんじゃよ」

「代わりに私がお払い箱になるかもしれませんが」

「ほっほっほ、あの射撃を見た後にそんな事はせんわい。流石の青騎士閣下の発明も、射撃のアシストはしてくれないじゃろうからのう」

「射撃ばかり練習しておいて良かったです」

「違いないねえ、ほっほっほ」

二人はそのまま一緒に歩いていく。既に日が傾き、辺りは少しずつ暗くなっていっている。もうすぐ夕飯の時間。夫人が腕を振るった料理が待っている筈だった。老夫婦はファスタの事が気に入っていた。だから仮にＰＡＦが手に入っても、彼女を解雇するつもりはこれっぽっちも無かった。むしろ一緒に働けると喜んでいた。

――そうか、遂に青騎士が追ってきたか……。そうなるとこの商品は、国民とラルグウィン様達に対する目くらまし……？　ともかく、青騎士がフォルトーゼにやってきたというのなら……。

だがファスタは老夫婦とは逆の事を考えていた。青騎士の帰還を知った彼女はその夜、老夫婦には内緒でフォルトーゼ本星行きの旅行券を手配した。彼女にはやるべき事があるのだった。

大騒ぎの訳　九月二十五日(日)

地球からフォルトーゼへ生物を移動させる場合、人間の扱いは簡単だった。入国した前例がある上に、フォルトーゼには既に洗練された検疫システムが存在しているので、足止めされる事は滅多にない。だがこれが猫になると多少話が複雑になる。地球の猫が持ち込まれたのは今回が初めてなので、既にあるフォルトーゼの猫の検疫システムがそのまま使えるかどうかは分からない。そんな訳で今回は未知の生物が持ち込まれる時の多少複雑な手順を踏む必要があり、ごろすけが解放されたのは孝太郎達がフォルトーゼに到着した翌日の事だった。

「良かったわね、ごろすけ。何事も無くて」

「なー！」

検疫を終えたごろすけを受け取った真希は上機嫌でごろすけに話しかける。キャリーバッグの中のごろすけも同様に上機嫌であり、返事をするその声は高く張りがあった。一日とはいえ、飼い主の真希と会えずに寂しかったし、不安だったのだ。

「ご飯はもう少し待ってね。みんなのところへ帰ったらすぐにあげるから」

「なぅ」

ごろすけはお腹が減っているようだった。真希は心を操る魔法使いなので、魔法を使わずとも多少は他者の心が読める。ごろすけが真希との再会を喜ぶ理由のうちの一つが食事である事は感じ取っていた。

「もう少し私との再会を喜んでくれても良いんじゃない？」

「なー」

ごろすけとそんなやり取りをしながら、真希は空港の傍にある入国に関連する施設が集まったビルのエントランスを抜け、表に出た。孝太郎達が滞在している皇宮はここから歩いて二十分ほどの距離にある。公共交通機関を使うともっと早いのだが、初めてやって来たフォルトーゼの風景を楽しみたくて真希は歩いて帰る事にしていた。

「あのー、すみません」

「はい？」

そんな真希に声をかける者があった。フォルトーゼ式のビジネススーツに身を固めた、温厚（おんこう）そうな雰囲気の女性だった。

「わたくし、あの辺に居る記者達の代表なのですが」

「記者？」

　真希が女性の指さす方向に目を向けると、そこには確かにこちらを遠巻きに見守る人々の姿があった。女性の言う通りなら、彼らは記者であるとの事だった。

「出来れば少し取材をさせて頂けないかと思いまして。もちろん駄目（だめ）ならそう仰（おっしゃ）って頂いても構いませんし、時間を変えた方が良いというのならそれでも構いません」

　フォルトーゼでもメディアの在り方については長年議論されてきた。そして国民に武家社会の影響（えいきょう）が残されていた為、現時点では潔（いさぎよ）く誇り高い報道が望まれている。特に取材の相手がごく普通の個人である場合は、物理的心理的社会的を問わず、負担をかけない事が大前提となる。この女性が代表して真希に話をしに来たのはそういう事情からであり、同じ理由から真希の許可がない現時点では、誰（だれ）も撮影（さつえい）や録音はしていなかった。

「記者さん達が、どうして私に？」

　真希は事情を理解し、報道姿勢も素晴（すば）らしい事から協力しても良いかなとは思ったのだが、自分に取材をする意味があるのかという点には大きな疑問があった。

「青騎士（あおきし）閣下の騎士団（きしだん）の一員である貴女には、我々フォルトーゼ人は大きな興味を持っています。そして同じくらい、地球からやって来たその猫ちゃんにも興味があるのです」

真希が孝太郎と一緒に戦っている映像は既に記録されている。記者達はここにいる真希が映像と同一人物である事を掴んでいた。だからインタビューがしたかったし、一緒にいる猫にも興味があったのだ。

「私の方は分かりましたが、どうしてごろすけまで？」

「ご存じないでしょうが、地球で撮影された青騎士閣下の映像の中に度々登場するその猫ちゃんは、フォルトーゼでは密かに人気を博しております」

青騎士の騎士団員、そして青騎士とよく遊んでいる猫。実は真希とごろすけは、フォルトーゼの国民にとって非常に大きな興味の対象なのだった。

最終的に真希は記者達の取材を受ける事にした。実際に真希が取材を受けていたのは十五分ほどで、彼らの車両で滞在先の皇宮へ送って貰ったので、結局は歩いて帰ったのと同じ時間となった。ここにもやはりフォルトーゼの報道姿勢がよく表れていた。

「――――という訳で、最後はここへ送って頂きました。彼らは皇宮の近くで別件の取材があるそうで」

「ここの近くなら、恐らくフォルノーン証券取引所ですね。昨日から、DKIメディカルとその関連株は経済のトップニュースですから」

ルースはごろすけに鶏肉のジャーキーをあげながら、真希の話を補足した。ごろすけはルースをごはん係の一人と認識しているので、彼女が差し出したジャーキーをろくに確認もせずに口に入れる。ルースはそんなごろすけを楽しそうに眺めていた。

「わらわの予想が的中じゃな。やはりごろすけは大人気じゃった」

ティアは先端に小さなねずみの人形が付いた棒を振りながら、自慢げに胸を反らす。彼女はフォルトーゼに戻ってくる前から、ごろすけが人気者になると予想していたのだ。

「正直に言うと、そんな事は無いだろうと思ってました」

ティアの言葉を聞いて真希は微笑む。彼女はかつてのティアの言葉を大袈裟だと思っていたので、その笑顔には多少申し訳ないという感情も込められていた。

「そなたはごろすけの実力を過小評価しておる」

「なー！」

丁度ルースから貰った鶏肉ジャーキーを食べ終えたところだったごろすけは、ティアが自分の名を口にした事に気付いた。そのすぐ後に、ティアの手でねずみ付きの棒が揺れている事にも気付いた。それらの事からティアは遊んでくれるに違いないと考えたごろすけは、足取り軽く跳ねるようなステップでティアに近付いていった。

「こやつは生まれながらのスターじゃ」

　ぱたぱた

　ティアは駆け寄ってきたごろすけに向かって素早く棒を振る。するとその先端のねずみの人形がまるで生きているかのように動く。するとごろすけは嬉々としてねずみに飛び掛かっていった。

「うなー！」

「里見君の影響が大きいんじゃないでしょうか？」

「付き人がコータローである事を差し引いても、ごろすけは紛れもなくスターじゃ。わらわが生まれながらの王者であるのと同じじゃ」

　ぱたぱた、ぱたぱた

「俺は付き人かぁ」

　孝太郎がティアの言葉に笑いながらそう呟いた瞬間だった。

「うみゃっ！」

　ごろすけは孝太郎の大きな身体を駆け登って大きくジャンプ。

ぱしっ

空中でねずみの人形を捕まえる事に成功した。

「むしろ踏み台じゃな」

「猫にとっては、俺の評価なんてそんなもんだろう」

「私は多分ごはん係です」

孝太郎のぼやきに真希が目を細める。ごろすけに限らず、猫は人間側の事情には無頓着だ。孝太郎は遊んでくれる大きい人間、真希はごはん係。その人間が自分にとって何者なのか、それが全てだった。

「ティアは小さい人間って思われてそうだな」

「……そなた、喧嘩を売っておるのか？」

「度量も小さいな、お前」

「ならば小さい人間の恐ろしさ、存分に思い知らせてくれる！」

次の瞬間、ティアは孝太郎に飛び掛かっていった。それはまるでごろすけがねずみの人形に飛び掛かった時のような、躍動感溢れる跳躍だった。

「ところでそのＤＫＩメディカルの話だが」

孝太郎とティアが格闘戦を始めた事で、真希とごろすけの話は途切れていた。それを見計らってキリハが新しい話題を提供する。今も孝太郎とティアは絶賛格闘戦中だったのだが、いつもの遊びなので誰も気にしていなかった。

「今日も買いが殺到して、株価がストップ高になっているようだ」

「一日経っても落ち着かなかったんですね」

晴海は孝太郎と戦うティアを羨ましく思いつつも、キリハの言葉に相槌を打った。晴海は自身がずっとお世話になっていたPAFの事なので、今回のフォルトーゼでの発売にはとても興味があった。

「良かったですね、クランさん」

そして晴海は嬉しそうにクランに笑いかける。株価が高いという事は、市場はPAFを高く評価しているという事だ。それは同時にクランの作ったものが高い評価を得たという事でもあった。そのクランは少し照れ臭そうにしながらも晴海に笑顔を返した。

「これはハルミの手柄でもありますわ。運用データは全て、貴女が使っていたものから取得したものですもの」

「お役に立てて光栄です」

言うなればPAFは、クランと晴海が二人三脚で作り上げた製品だと言えるだろう。それはクランにとって特別な意味を持つ。成長した今のクランは、誰かと一緒に何かをするという事を、素晴らしいと感じるようになっていたから。この時の晴海の笑顔と言葉は、クランにとって勲章(くんしょう)のようなものだった。

「DKIメディカル株の買いが先行するのはPAFの評価が高い事が一番の理由なのですが、実はそうなる理由がもう一つあります」

ルースはそう言いながらコンピューターを操作し、DKIメディカルに関する資料を呼び出して空中に投影した。

「先程(さきほど)DKIメディカルが初回生産数を発表したのですが――」

「いちじゅーひゃくせんまん……って、十億台いいいいいいっ!?」

資料に記載(きさい)されていた数字を指折り数えた静香(しずか)が悲鳴にも似た驚きの声を上げた。そこに書かれていた数字のゼロの数は実に九個。初回生産数は驚きの十億台だった。しかもそれはあくまで初回生産数であり、予約の総数はそれを大きく上回っている。工場の生産能力が十億台で限界だったただけなのだ。だからこそ今日も株価が上がり続けていた。

「十億ってあの十億？　間違(まちが)いじゃないの？」

「シズカ様、わたくしもそう思って何度もゼロの数を数え直したのですが、間違いありません。初回生産数はあの十億です」

「おいティア」

「うむ、なにやら起こったようじゃな」

関節技の極め合いをしていた孝太郎とティアだったが、静香の悲鳴を聞いて一旦動きを止めた。そして孝太郎はティアを抱き抱えたままルースとキリハのもとへ駆け寄り、二人で仲良く資料を覗き込んだ。

「じゅっ、じゅうおく台だとっ⁉ おっ、おいっ、何でそんな事になってるんだ⁉ そんなに必要な人が居たのかっ⁉」

孝太郎は静香と同じく驚愕した。思わずティアを抱く力が強まる程に。孝太郎はPAFの生産数は数万台、多くても数十万台だろうと思っていた。PAFは簡単に言えば新型の義手や義足なので、既存の義手や義足を使っている人々は、すぐには買い換えないだろうと思ったのだ。フォルトーゼは技術が進んでいるので、既存のもので十分なのだ。フォルトーゼの人口は地球とは桁違いなので数字が上下する可能性はあったのだが、それでも十億台は孝太郎の想像を遥かに上回っていた。

「うむ。どうやら我らの想像の外側に、大きな需要が潜んでいたようなのだ」

孝太郎の疑問に答えたのは、たった今資料に目を通し終えたキリハだった。彼女も自分の予想を超える数字を目にして、苦笑気味だった。

「想像の外側？」

「我々は傷病者を想定してＰＡＦを作ったが、過疎星域での高齢化問題への対処、そして軍用に限らず消防救急警察、鉱山や深海作業員など、ＰＡＦを必要としている分野はこちらの想定よりも遥かに多かったのだ」

「あっ……」

　早々にネフィルフォラン隊がＰＡＦの導入を決めた理由は、実は他の多くの産業分野にも当て嵌まった。地方での高齢化や労働力不足はフォルトーゼでも問題であり、作業中に素早く着脱可能なＰＡＦはその状況の改善策の一つとなりえた。例えば農作業中にトラクターのアタッチメントの交換が必要になった時、ＰＡＦを使えば老人でも一人ですぐに交換が出来るという事なのだ。他にも警察が犯人の逮捕時に使用したり、消防がどうしても危険な場所に入らねばならない時に使用したりと、いつでもどこでも気軽に使えるパワーアシストスーツを必要とする職場は決して少なくはなかったのだ。

「しかもフォルトーゼは銀河の半分に広がる超大国だ。人口が多い分、必要としている人間も多い」

　そして当然だがフォルトーゼが銀河の半分に広がる超大国である以上、その総人口は地球よりも遥かに多い。そうした複数の事情が、生産数が孝太郎達の想定を大きく上回る原因となっていた。

「他の企業はどうしたんだっ⁉　技術を全て公開したんだから、他所でもっと安く作ってくれるんだろう⁉」

とはいえそうした事態を全く想定していなかったという訳ではない。例えば技術は早々に公開して、他の企業がすぐに同じものを作れるようにした。それだけでなく、出来るだけ早く必要な人々に安く提供出来るよう、多くの手を打った。

「それが思った程参加が進んでいない。むしろこぞって我らの製品のライセンス生産を望んでいる」

だが事態は孝太郎達の思い通りには進まなかった。技術が公開されているという事は、開発コストがかからないという事なので、他の企業はＤＫＩと同じものを安く作って売る事が出来る筈だった。だが何故か殆どの企業がそれをせず、孝太郎達のＰＡＦの生産を引き受けたいと申し出てきた。

「どうしてだっ、どうしてそうなるっ⁉」

そんな事をすれば生産を引き受けた企業の利益は減る。完全に同じ商品になってしまうので値段は下げられないし、ライセンス料が発生する分だけ損になる。営利企業としては、ありえない選択だった。もちろん孝太郎もそう思っていた。

「つまり……みんなそなたの慈善事業に参加したいのじゃろう。国を救った青騎士と共に、今度は内乱でダメージを受けた国民と経済を救おうとしておる」

孝太郎が利益の追求を捨てたように、企業の多くも利益を捨てた。彼らはそれよりも先にやるべき事があると考えた。内乱で直接傷を負った国民はもちろん、経済的な傷は国全体に影響している。地方の人手不足や高齢化もその影響の一つだった。だからまずは国民と国を救わねばならない。利益の追求はその後で良い筈だ、と。

「……こっちの人達の愛国心を甘く見たか……」

「大儲けだね、孝太郎」

「羨ましいですぅ」

「これ以上儲けて何の意味がある!」

結果的にDKI製のPAFが大量に生産される事になった。これにより孝太郎――厳密にはDKI――は莫大な利益を得る事となった。もちろんフォルトーゼでは既に天文学的な資産を持つ孝太郎にとっては、あまり意味のない利益だったのだが。

「おほほほほほっ、愚かよのう、これは愛国心だけではない! 国民はそなたを愛しておる! そなたの新たな伝説に加わりたいのじゃ! 戦には参加出来なかった者達も、これならば参加できるからのう!」

内乱で青騎士と共に戦いたいと思った者は多かっただろう。だが実際にそう出来た者は非常に少ない。戦闘技術の習得や年齢、居住地域など、障害は多かったから。だが今回は違う。より多くの者達が、青騎士と肩を並べて戦う事が出来る。青騎士の新しい伝説を一緒に作り上げる事が出来る筈だった。

「――そういう、エルファリア陛下の台本なのだろう」

キリハはティアの言葉に頷く。彼女はむしろ、エルファリアがその流れで国民を誘導しようとしたのではないかと考えていた。介入の程度はともかく、その方向でお祭り騒ぎを拡大させようとしたのではないか、と。

「母上の事じゃからありうるのう……まあ、どちらにせよ、想定の遥かに上へいってホクホクじゃろうな」

そして実際PAFに関するお祭り騒ぎは再建造中の『青騎士』の騒ぎと一体となって拡大を続け、今や初回生産数だけで十億台に至った。これは流石にエルファリアの想定さえも大きく上回っている筈だった。

「あのやろうっ、後で文句言ってやる！」

孝太郎にもフォルトーゼの事情は分かる。国民の消費マインドの再始動は、経済を上向かせる為に必要な事だ。だがこれはやり過ぎに見える。だから孝太郎は後でエルファリアに会った時に、文句を言ってやるつもりだった。

孝太郎がエルファリアの執務室を訪れたのは、夕食の前の事だった。孝太郎が自分から会いに行く前に、エルファリアの方から話があると呼び出されたのだ。孝太郎にもエルファリアに話があったので断る理由はない。そんな訳で孝太郎は一人でエルファリアの執務室を訪れていた。

「それでは陛下、青騎士閣下、わたくしはこれで失礼致します」

執務室まで孝太郎を案内してくれた女性兵士は、深々と頭を下げると部屋の外へと戻っていく。

「ありがとう」

孝太郎は去っていく彼女の背中に礼の言葉を投げた。体育会系の縦社会で育った孝太郎なので、階級は孝太郎が上位でも年上に礼を欠かさなかった。女性兵士は部屋の外へ出たところでもう一度頭を下げてから、音もなくそっと扉を閉めた。孝太郎は彼女が閉めた扉をしばらくそのまま見つめていた。

「彼女が何か？」

それがエルファリアが孝太郎に向けた第一声だった。その声はどこか硬く、不満げな印象がある。エルファリアは自分に注意を向けない孝太郎が気に入らないのだ。そんなエルファリアの言葉を聞いて、孝太郎が彼女の方を振り返った。

「彼女がというか……親衛隊なんだなって」

振り向いた時の孝太郎の顔は何故か笑顔だった。そしてその言葉の意味も分からない。エルファリアは少し前までの不満も忘れて首を傾げた。

「親衛隊？」

「ああ。俺も二千年前は親衛隊だったからな。ホラ」

孝太郎は笑みを浮かべたまま自らの左胸を指し示す。そこには小さな木片で作られた階級章が飾られていた。

『ふぉるとーぜのあおきし　かいきゅう　すごえらい　しゃるる　あらいあ　しんえいたいちょう』

それは二千年前の世界でシャルル皇女から貰った、お手製の階級章だった。見た目は子供のおもちゃのような代物だ。だが戦争の最中で物がなく、それでも感謝を示そうとシャルルがアライアの手を借りて作り上げた階級章だったから、騎士としての公式の仕事の時は好んで身に着けていた。それは今も変わらない。アライアから貰ったシグナルティンと

並ぶ、孝太郎の宝物だった。

「ふふふ、レイオス様は今も親衛隊ですよ」

孝太郎が女性兵士を見ていた理由を知ったエルファリアは笑顔を覗かせた。その理由ならエルファリアも文句は無かった。

「そうなのか？　俺はここじゃ総大将じゃなかったか？」

「その辺りの事は今も昔も変わりません。レイオス様は二千年前も親衛隊長と総大将を兼務する形になっていた筈です。我々はそれを二千年間弄っていないのです」

「ふーん、じゃあ、こういう感じか――」

孝太郎は一度笑顔を消すと直立不動の姿勢を作る。そしてエルファリアに向かってきちんと型通りの敬礼をした。

「――親衛隊長レイオス・ファトラ・ベルトリオン、皇帝陛下のお召しにより参上致しました」

「大儀であります、ベルトリオン卿。しばらくぶりですね」

エルファリアも取り澄ました顔で応じる。しかしそうした格式ばった空気は何秒も続かない。二人はすぐに吹き出し、大きな声で笑い始めた。

「わははははっ、やっぱり向いてないな、俺」

「二人きりの時に大真面目な顔をされると、違和感が酷いですよ。ふふふっ」

二人の間にあった硬い空気はあっという間に緩んでしまった。やはり二人の関係がそうさせるのだろう。ティアやクランとはまた別の意味で、孝太郎とエルファリアの関係は普通の騎士と皇族のものとは違っていた。

「結局は一般市民だからな。馬鹿騒ぎの方が合って——あー、そうだ、お前に文句があるんだった！」

そして孝太郎は自分が喋った言葉のおかげで、エルファリアに言いたい事があった事を思い出した。

「何のお話ですか？」

「それこそ馬鹿騒ぎの話だよ、今フォルトーゼで絶賛進行中の！」

孝太郎が文句を言いたかったのは、ＰＡＦに関する大騒ぎと、宇宙戦艦の方の『青騎士』の再建造計画についての大騒ぎの事だった。二つの騒ぎは合流し、国を挙げた一つの大きな馬鹿騒ぎへと変貌しつつあった。

「ああ、この『夏だ一番！　青騎士祭り！』の件ですか」

「そんな名前だったのか——って、そうじゃなくてだな、何であんなに大きな騒ぎにしてしまったんだ？　俺がこっちに来る理由作りや経済の再点火の為とはいえ、流石にやり過ぎなんじゃないのか?」

孝太郎はこの大騒ぎはエルファリアの誘導によるものだと思っていた。情報の与え方やタイミングなどを工夫する事で国民の関心を煽り、必要以上の騒ぎに拡大させたのではないかと疑っていたのだ。そしてそれは概ね事実だった。

「そうですね、もしかしたらここまでの規模は必要ないのかもしれませんね」

「だったらどうして?」

「問題は今後の戦いの規模が正確に予想出来ないという事だったのです。だから可能な限り大きな騒ぎが必要でした」

エルファリアは笑顔のままだったが、孝太郎はその笑顔の向こう側に静かで強い意志を感じていた。それはエルファリアの皇帝としての顔。彼女や皇女達が重要な局面で度々見せてきたものだった。

「ラルグウィン達、旧ヴァンダリオン派との戦いの規模って事だよな?」

「はい。そもそもの問題として、旧ヴァンダリオン派はどれだけの規模の敵なのかが分かっておりません。またそんな彼らとの戦いやその為の準備は、出来るだけ隠密裏に進めたい訳です」

ヴァンダリオンを撃破した段階で、大半の兵力は投降した。その後もエルファリアは残党と戦い続けていたので、かなりの兵力を倒した筈だった。だが残りがどの程度なのか、あるいは新規に増えた分はどの程度なのか、といった厳密な数字は分かっていない。それが問題だった。

「確かに、そういう敵は取り逃がすと厄介だもんな」

何度かラルグウィン一派と交戦した事がある孝太郎にはよく分かる話だった。正規の軍ではなくゲリラに近い敵が相手だと、一部でも取り逃がせば、すぐにまた復活してきてしまう。一度の攻撃で全ての指導層を確保もしくは撃破する必要があり、その為には敵にこちらの攻撃の気配を悟られない必要があった。

「一網打尽にする一手が、どうしても必要となります」

「じゃあ、その為にこの馬鹿騒ぎを始めたのか？」

「はい。この騒ぎを隠れ蓑にして、皇国軍を展開します。これだけ人が動き、物流も活発であれば、ラルグウィン一派に気付かれずに皇国軍を動かす事が出来るでしょう。レイオス様も動き易い筈です。レイオス様が国内を移動していても、国民は戦いの為だとは思わないでしょう」

敵の規模が読めない以上、敵を倒す為に必要な兵力をなるべく大きく見積もる必要があった。しかも一網打尽にする為には、その大きな兵力を隠密裏に移動させる必要もある。

その為にエルファリアはこの大騒ぎを作り出した。物流が増大し、観光や事業の為に行き来する人間が増えれば、そこに皇国軍を隠して移動させる事が出来る筈だから。

「……お前、そんな事を考えていたのか……俺はてっきり……」

孝太郎は開いた口が塞がらなかった。孝太郎はてっきり、エルファリアはただお祭り騒ぎをしたいだけかと思っていたのだ。

「てっきり？」

エルファリアは少しだけ頬を膨らませ、横目で孝太郎を見る。こういう時の顔は、やはり娘のティアとよく似ていた。観念した孝太郎は、渋々その先の言葉を口にした。

「てっきり、お前がただただ騒ぎたいだけかと思ってたよ」

「ふふ、それが無いとは言いませんよ」

頬を膨らませていた割に、実際に孝太郎が口にした言葉を聞いたエルファリアが浮かべたのは笑みだった。娘のティアと少しだけ違うところは、エルファリアにはこうして笑う余裕があるという事だろう。

「お前なあ……」

「悪いのはレイオス様です」

エルファリアは再び不満げに孝太郎を見る。

「俺？　俺じゃないだろ」

「貴方は私達に、英雄の生き様を見せ付けました。どれだけの功績を残そうと、どれだけの資産を持とうと、フォルトーゼへの影響を考えて何もせずに去ったのです。私達が礼を言う暇もないほど、素早く、鮮やかに」

「そうしないとフォルトーゼに悪影響があるからだぞ？」

「私達はレイオス様に影響されたいのです。たとえそれが悪影響であっても。そして今回の場合は良い影響なのですから、国民がそこへ参加しようと大騒ぎするのは当たり前なのです」

国を救った英雄にきちんと礼を言いたい。フォルトーゼで何かして貰いたい。一緒に何かをしたい。それがフォルトーゼの国民の意思。だが英雄は去り、その機会は得られなかった。そして今ようやく、待ちに待った機会がやってきた。しかもどうやら英雄は戦争とは違う形で、国民と国の助けになろうとしているようだ。今こそその時だ――そう判断した者達がこぞって英雄の新たな事業に参入し始めた、という訳なのだった。

「だから仮に私が何もしなくても、今と全く同じ状況だったと思いますよ」

確かにエルファリアは国民が大騒ぎを始めるように誘導した。例を挙げると、青騎士が皇女と結婚するんじゃないかという憶測が出た時にあえて否定しなかったのがそれだ。エルファリアはそうした事を幾つも積み重ね、騒ぎを大きくしようとした。だが結果としてPAFの初回生産数は十億台と、エルファリアの想定をも大きく超える数字となった。それはつまり、仮にエルファリアが誘導しなくても、フォルトーゼは殆ど同じ状況であった可能性が高いという事になるのだった。

「そうかなぁ………」

だが孝太郎はいまいちピンと来ていない。自分にそこまでの価値があるとは思えないのが原因だった。

「そしてもう一つ………悪影響を心配してレイオス様がアライア帝の俸給を使わないのであれば、現実的な範囲のお金をレイオス様に渡してしまおう、そして一緒に国を建て直そう――これは国民の期待の表れでもあるのですよ」

額面が大き過ぎて俸給の方には手を付けない孝太郎であっても、DKIの収益まで何にも使わない訳ではない。使わないで俸給同様に封印してしまうと、その分だけ経済が滞るからだ。だからDKI――孝太郎が利益を得れば、孝太郎はそれだけはどうしても使わざるを得なくなる。そしてPAFと同じような、新たな事業に使って欲しい。この騒動はそうした国民の意思も働いている。エルファリアが言う通り、これは国民からのとても大きな期待なのだった。

「商売はやった事がないんだがな……」

要するにこれは、国民が孝太郎に次の商品も頑張れと言っているに等しい。今回はPAFという優れた商品がほぼ完成に近い状態で手元にあったからよかったものの、次はそうはいかない。かといって利益を得たまま何もせずにいると、経済を再点火させたい意図からは外れてしまう。孝太郎には困った状況だった。

「責任重大ですね」

「他人事みたいに言うなよ」

「いつも私には甘えて頂けませんから」

エルファリアは笑顔の中に微かに恨みがましい視線を混ぜ込む。エルファリアにも分かっている。エルファリアは銀河規模の超大国の皇帝であり、巨大過ぎる影響力を持っている。それなのに孝太郎がエルファリアに安易に甘えてしまうと、二人の影響力が一つになって高め合い、世の中を引っくり返す程の絶大な力になる。だから孝太郎は公式にはエルファリアとは距離を置く。その辺りの孝太郎の複雑な事情はエルファリアも分かっているのだが、分かりたくない気持ちが胸の奥にある。救国の英雄と皇帝ではなく、二十年前に出逢った少年と少女の想い出が、そうさせるのだった。

「今回ばかりはそうも言っていられない。手を貸してくれ、エル」

だが今回の一件は、孝太郎にとっても例外的な状況にあった。国民から寄せられる期待と金額が大き過ぎるので、孝太郎の手に余った。時間をかければキリハやクランなら何とかしてくれるとは思うのだが、今はその時間が惜しい。戦いと経済の再点火の為には大きな騒ぎが必要で、しかもそれを出来るだけ素早く行いたい。だから孝太郎も今回ばかりは信念を引っ込めて、素直にエルファリアに助けを求めたのだった。

「あら………」

そんな孝太郎の思いもよらぬ言葉に、エルファリアは目を丸くして驚いた。だがそれも一瞬の事。

「はいっ。私はいつでもレイオス様の味方です」

エルファリアは嬉しそうに目を細め、大きく頷いた。その笑顔は不思議と孝太郎に、二十年前の彼女を思い起こさせた。あの頃のエルファリアは、丁度こんな風に笑っていたのだ。

「………お前に頼ると後が怖い気もするけどな」

孝太郎はそう言うとそっぽを向いた。そのままエルファリアの顔を見ていたら、吸い込まれそうな気がしたから。

「そうかもしれません」

孝太郎には、この時のエルファリアの声がとても嬉しそうに感じられた。どうやら彼女には孝太郎がそっぽを向いた理由が分かっているようだ――孝太郎はそっぽを向いたまま、そんな事を考えていた。

「認めるなよ」

「でも、その分ちゃんと働きますよ？」

「例えば？」

「例えば、そうですね……つい先ほど、ラルグウィン一派の大規模な拠点を発見しました、とか」

「なっ、何ぃぃぃっ!?」

孝太郎は驚いて目を剥き、大慌てで視線をエルファリアに戻した。その時にはもう、つい先程までの吸い込まれるような笑顔は消えていた。いつもの彼女の、悪戯っ子のような笑顔だった。

「実はこの件でレイオス様をお呼びしました」

「だったら先に言えよ、そんな大事な事っ！」

「まだ第一報が入っただけで、行動に移す為にはもう少し情報が必要です。今日の内に伝えるべき事ではあっても、急ぐ必要はなかったもので」

そうやってエルファリアが悪びれた様子もなく事情を話した時だった。

コンコン

執務室のドアがノックされた。

「お入りなさい」

「失礼致します」

ドアが開くと、入って来たのはセイレーシュだった。彼女は孝太郎とエルファリアの前で優雅に一礼した。

「御無沙汰しております、レイオス様」

「お久しぶりです、セイレーシュ殿下」

セイレーシュに返事をして一礼すると、孝太郎は彼女とエルファリアを見比べる。するとその仕草を不思議に思い、エルファリアが首を傾げた。

「どうかなさいましたか、レイオス様？」

「セイレーシュ殿下と比べると、お前とティアの礼儀はなってないなぁって。こう、滲み出るオーラというか、仕草のしなやかさというか………全然違うぞ」

「もうっ、真面目にしたら笑うくせにっ！　レイオス様は分かっていて仰っているでしょうっ⁉」

「まあな」

「ふふふっ」

そんな孝太郎とエルファリアの軽快なやり取りを見て、セイレーシュが微笑む。やはり孝太郎とエルファリアの間には、何か特別な関係が存在しているように感じられた。

――しかしレイオス様は多分、本当の意味では分かっておられない。フォルトーゼの皇帝が、皇帝らしく振舞わない相手が、一体どういう存在であるのかを……。

本当はエルファリアもやろうと思えば出来る。彼女もセイレーシュ以上に気品のある所作を身に付けているのだ。けれどエルファリアは自分からそれをしないでいる。そうする必要がない相手か、あるいは――だからセイレーシュは笑う。孝太郎は分かっているようで分かっていないのだった。

「ホラ、セイレーシュ殿下も笑ってらっしゃるぞ」

「レイオス様、この件は後程ゆっくりとお話をさせていただきます」

「知らん知らん」

「ふふふ……」

だが孝太郎もエルファリアも、状況は分かっている。もちろんセイレーシュもだ。すぐに三人は笑顔を引っ込めると、仕事の時の表情になった。それは皇帝と皇女、そして騎士団の顔だった。

「三日前、ダルガマラン星系の四番惑星、イコラーンでラルグウィンの一派と思われる一団の大規模な拠点を発見致しました」

セイレーシュはコンピューターを操作して星図を表示させると、説明を始めた。表示されているのはフォルトーゼから空間歪曲航法で三日ほどの距離にある別の星系で、恒星を中心として七つの星が回っていた。その四番目の星が居住可能な惑星であり、ラルグウィン一派が潜む拠点の一つがあると考えられている星だった。

「向こうまで三日という事は、ワープ三回って事か。意外と近いな」

フォルトーゼから地球までは皇族級宇宙戦艦で十日かかる距離だ。単純に移動に必要な時間を比較すると三日かかるダルガマラン星系は遠く感じるが、超長距離の空間歪曲航法を含まないので実際の距離はさほど遠くない。孝太郎の感覚で言うと、自動車で高速道路を使わずに移動するような距離のイメージだった。

「三回……絶妙なラインを狙ってきましたね」

エルファリアは腕組みをして唸る。

「どういう事だ？」

「空間歪曲航法の性質上、使い勝手が良い航路は、交通量が多いという事になります。そういう航路から外れる為に一度、念の為にもう一度。見つかりにくく、それでいて敵を発見し易いように拠点の位置を定めたのでしょう」

　空間歪曲航法は誤差の問題が拭えない為に、何もない空間を飛び石伝いに移動する事になる。そうなると比較的人口密集地に近い場所に広大な何もない空間があれば、便利な飛び石――経由地として利用される事になる。反面交通量が多いという事でもあるので、その周辺の惑星は真っ先に調べられる。それを避ける為に微調整の空間歪曲航法をする訳だが、これが多過ぎると最初からもっと遠くの、辺境の星域でいいじゃないかという話になってしまう。その意味では合計三回で辿り着く惑星というのは、拠点を隠すのに適切な場所だと言えるだろう。よく考えられた配置だった。

「実際、発見するのに多くの時間を要しました。これは宮廷魔術師団の支援があった上での話です」

　セイレーシュはエルファリアに同意する。エルファリアの考えは正しかった。孝太郎からラルグウィン一派がフォルトーゼへ向かったという報告を受けた時から捜索していたのだが、大規模な拠点を発見したのは今回が初めてだった。宮廷魔術師団――元ダークネスレインボゥ――は幾つか小規模な拠点を潰して回り、そこで得た情報と得意の魔法を組み合わせてこの場所へ辿り着いたのだった。

「あいつらが出張ったって事は……殿下、その施設は魔法か霊子力がらみの施設なのでしょうか?」

「御明察です。霊子力技術に関連した製造施設だと思われます。鉱山と、採掘した鉱石を精製する工場が一体となった非常に規模の大きな施設です」

「イコラーンは元々鉱山惑星だったようですね。タイミングからして、新たに鉱山を開発したのではなく、必要な鉱石が出る操業中の鉱山を見付けたのでしょう」

発見された拠点は規模が大きく、ラルグウィン一派が帰還してからの短い期間で作り上げられるようなものではない。金に糸目を付けなければ可能かもしれないが、目立ち過ぎる。そうなると既にある鉱山を利用した可能性が高かった。

「問題はどのくらいの兵力を配置しているか、だな」

「その辺りはまだ調査中で、確たる事は言えないのですが……周辺に大型砲が複数設置されている事から、大規模である事は間違いないかと思われます」

ラルグウィンが余程の愚か者でない限り、大型砲だけを大量に配置する筈がない。それに見合った兵力が存在している筈だった。

「逆に言うとこの拠点を潰す事が出来れば、技術的な意味でも軍事的な意味でも、ラルグウィン一派の計画を大きく後退させる事が出来る筈です」

「重要な拠点だから大兵力を配置している、って事か」

霊子力技術で用いる鉱石を精製している大規模な生産施設である以上、今後の活動の要となる筈だ。そしてそうである以上、大きな兵力を配置して守る必要もあるだろう。ラルグヴィン一派はフォルトーゼに戻ってきたものの、兵士の数が少ないという根本的な問題は解消していない。だからこの場所で鉱石と兵力を一網打尽に出来れば、ラルグヴィン一派の活動は大きく後退する筈だった。

「連中を逃がしたくない訳だから、攻撃はやっぱり奇襲になるよな」

隠れて復讐の機会を狙う敵と戦う場合、根こそぎ倒すか捕まえてしまうしかない。そうすれば隠れて再び復活してくる心配はなく、他の拠点を攻めるのに必要な情報も得られるだろう。

「その方が全体の被害も少なくなるでしょう。工場と鉱山の労働力は、恐らく大半が何も知らない現地の労働者でしょうから」

工場や鉱山の重要部分は間違いなくラルグヴィン一派の人員で占められているだろう。だがそうではない単純な労働、例えば採掘や工場のラインなどには、現地の人間が使われている可能性が高い。そこに被害を出さない事も、孝太郎達には重要だった。その意味では奇襲で心臓部を狙うというのは適切な作戦だと言えるだろう。

「隠密裏に行くには数は少ない方が良い。つまり少数精鋭の奇襲………となれば、俺達とネフィルフォラン殿下でやろう」

「本当は、レイオス様を出さずに済ませたいのですが………」

エルファリアは孝太郎に申し訳なさそうな視線を向ける。彼女はこれまで小さな拠点を潰してきた時のように、出来れば皇国軍の部隊だけでやりたかった。だが今回はどうしてもそう出来ない理由があった。

「重要な拠点であるなら、向こうが魔法や霊子力兵器を使ってくる可能性が高い。俺達が行かないと大きな被害が出るだろう」

もし皇国軍の通常部隊が霊子力兵器で攻撃されたら。あるいはグレバナスの魔法で攻撃されたら。対抗手段を持たない彼らには大きな被害が出る。対抗手段を持つ孝太郎達が行くべき局面だった。その辺りの事情は孝太郎もよく分かっていた。だからエルファリアを責めるつもりはなかったし、元より自分達で行くつもりだった。

「それに俺達が行けば連中の尻尾を掴めるかもしれないしな」

そして早苗やゆりか、クランが現地へ行けば、何か手掛かりを得られるかもしれない。これもまた孝太郎が現地へ行きたい理由の一つだった。

「………よろしくお願いします、レイオス様」

本音を言うと孝太郎にはもう危ない事をさせたくないエルファリアだった。だがどうしてもそれが必要な局面なのだ。だからエルファリアは孝太郎なら大丈夫だと自分に言い聞かせ、ともすれば口から飛び出しそうな、行かないでくれという言葉を呑み込んだ。

ラルグウィンの誤算　九月二十九日(木)

ダルガマラン星系は、空間歪曲航法の主要な航路からは少し外れた場所にある。しかしかつては主要航路の要だった。この星系が開発されたのはフォルトーゼが宇宙移民時代に入ったばかりの頃で、まだ空間歪曲航法の技術が今ほど進んでおらず、この星系が中継地として整備されたのだ。また星系全体で鉱物資源が豊富であった事も整備された理由の一つだった。要するに鉱物資源が豊富な星系が中継地として使える場所にあるので、開発するには手頃だったという訳なのだ。そして特に四番惑星のイコラーンが優先的に開発された。イコラーンは少し環境に手を加えれば人間が宇宙服なしで居住可能であり、中継地としても鉱山としても使い易い星だった。

だが時が流れ技術が進むと、この星系に立ち寄らなくても先へ行けるようになった。おかげでこの場所は過疎化が進んでいる。この星系に立ち寄る宇宙船は、ほぼ鉱物資源を運ぶ輸送船だけになってしまった。だから宇宙戦艦が接近すれば酷く目立ってしまい、これから攻撃しますよと言っているようなものだった。

「――だから、輸送船で行くって訳か。確かに今なら輸送船が増えても目立たないもんなぁ」

孝太郎は呆れ半分感心半分といった調子で苦笑した。孝太郎達は今、ネフィルフォラン隊と一緒にイコラーンに接近している。孝太郎達は『朧月』に乗っているが、ネフィルフォラン隊は複数隻の輸送船に分乗している。どれもDKI経由で裏から手を回して用意した、別会社の輸送船だった。『朧月』は元々ステルス性能に優れた艦なので使う事が出来たが、ネフィルフォランの『葉隠』は攻撃力に特化した艦なので、今回の隠密作戦には使えなかった。

「大した戦略眼だ。恐らくエルファリア陛下は汝の帰還を聞く前から準備をしていたのだろう」

キリハは純粋に感心していた。エルファリアは孝太郎がPAFを帰還の言い訳に使うというから計画をそちらにシフトさせたものの、恐らくそれがなくても同様の騒ぎにするつもりだったのではないか――キリハはそう思っていた。そうでなければタイミング的に厳しい事も少なくなかったから。

「流石は母上じゃ。戦上手でもあったのじゃな」

「………危なかったですわね、ベルトリオン」

「え？　何がだ？」

「もしPAFの商品化が無かったら、貴方結婚させられていましたわよ？」

クランはキリハの言葉を聞いて、そう結論していた。エルファリアが孝太郎の帰還の前から戦う準備を始めていたならば、国民が孝太郎達の帰還を結婚だと思い込んでいた事自体がその一部だったのではないかと考えたのだ。つまり本来は青騎士の結婚と『青騎士』の再建造で大騒ぎをする計画だったのではないか、という事だった。

「なにぃいぃいぃいぃっ⁉」

「再建造だけでは騒動が足りませんもの」

単純に経済を再点火させるだけなら『青騎士』の再建造と経済政策の拡充で足りたかもしれない。だが輸送船を軍の移動のカモフラージュとして使うとなれば、もう一つくらい人や物の行き来を活性化する策が必要だった。結果的にPAFの商品化がその策となり得た訳だが、それが無ければ孝太郎は本当に結婚式を挙げさせられたのではないだろうか。相手がどうあれ、青騎士が結婚するとなれば大変な騒ぎになる。その相手が皇女やルースではなくても、だ。しかも状況的に孝太郎にはノーと言い辛い。それはクランの想像ではあったが、非常に大きな説得力があった。

「あのやろう、そんな事を考えてやがったのか！　ちょっと褒めたらすぐこれだ！」

「………おやかたさまは、わたくし達の誰かと結婚するのはお嫌なのですか？」

ルースは少しだけ心配そうな様子で孝太郎にそう尋ねた。怒っている孝太郎を見ていて、そこが心配になったルースだった。

「べっ、別にそういう訳じゃありませんが、動機が不純で気に入りません」

「そうですね。わたくしも、結婚は戦いの為ではない方が嬉しいです」

ルースはホッとした様子で微笑んだ。孝太郎は自分達と結婚する事そのものが嫌な訳ではない。むしろするならちゃんとしたい。それはルースにとって嬉しい言葉だった。

「エルには後でまた文句を言ってやらないと」

「その為にも、この戦いはしっかりと勝つ必要がありますね」

晴海はそう言いながら立体モニターの映像を見つめていた。まだ問題の拠点までは距離があってカメラの映像には映っていないのだが、戦いは刻一刻と迫っていた。

「申し訳ないが、そろそろ話を戻そう」

ここでキリハが脱線していた話題を修正する。もちろん全員が状況を理解しているので異論はなかった。

「我々はネフィルフォラン隊が陽動をしてくれている間に『朧月』で接近して、敵の司令室を急襲する」

「いくら輸送船でも近付けば怪しまれるから、本命の攻撃は完全に姿を消せる『朧月』でって事だよな？」

孝太郎達は囮を使った奇襲作戦を実行する予定だった。まず輸送船を利用してネフィルフォラン隊がギリギリのところまで近付いて、拠点の周囲を取り囲むように一気に兵力を展開する。敵がそれに気を取られたところで、『朧月』で忍び寄った孝太郎達が上空から降下して敵の心臓部を攻め落とす、という作戦だった。情報を持っている高位の兵士を可能な限り逃がしたくないので、こういう作戦が必要だった。

「うむ。加えて、敵の要人を逃がさない為に、ネフィルフォラン隊には取り囲んで貰った方が良いのだ」

今回の作戦では、ネフィルフォラン隊に求められているのは攻撃力ではなく、総合力だった。彼女らが担当するのは敵を取り囲んで逃がさない、戦線の維持という難しい役割になる。それはきちんと訓練を積んだネフィルフォラン隊にしか出来ない仕事であり、この意味においても孝太郎達に攻撃の役割が回ってくるのは必然だった。

「それと恐らく、司令室周辺を守っている兵士には魔法や霊子力技術が与えられている可能性が高い。その意味でも我々による攻撃が適切だ」

　ネフィルフォラン隊も対魔法、対霊子力兵装の戦闘訓練は積んでいる。だがその手の事なら孝太郎達の方が得意だ。こうした幾つかの理由から、ネフィルフォラン隊が囲んで孝太郎達が奇襲という分担に決まったのだった。

『ベルトリオン卿！』

　そんな時だった。ネフィルフォランの声が『朧月』のブリッジに響き渡る。その声からは何処か緊張した様子が感じられた。それに礼儀正しいネフィルフォランが挨拶を省略した事も、何らかのトラブルを予感させた。

「どうなさいました、ネフィルフォラン殿下」

『この映像をご覧下さい！　こちらのカメラの映像です！』

　ネフィルフォラン隊を乗せた数隻の輸送船は『朧月』から幾らか先行した位置にいた。その位置からだと、輸送船のカメラで問題の拠点を撮影する事が出来る。ネフィルフォランはその映像を送って来た。そこには意外な光景が映し出されていた。

「火事!?」

　それは黒煙を上げて炎上する拠点の姿だった。燃えているのは鉱山に併設されている精製工場で、黒煙の向こう側にちらちらと赤い炎が覗いている。既に広範囲に燃え広がっているようで、黒煙は工場全体を覆い隠さんとしていた。

グレバナスの目的を達するには、霊子力技術が不可欠だった。彼の目的はマクスファーンの復活だ。復活には長い時を経て劣化したマクスファーンの魂の修復が必要だが、それを魔法だけでやるのは困難だった。魔法は多くの事が出来る便利な道具だが、それでもグレバナスが一人でやれる事には限界がある。その助けになるのが霊子力技術だった。そもそも霊子力技術は人間の魂に直結する技術なので、大地の民は魔法使い以上に魂の事を理解し、それを操る技術に長けていたのだ。

「このクリスタルは、隣にある鉱山で採掘された鉱石をこの工場で精製して作られます。これは簡単に言えば霊力を貯めるバッテリーです」

『察するに、霊子力技術の根幹となる技術のようですね』

「はい。これがあるおかげで、霊能力の素養が無い人間でも霊力を扱える訳です。また大地の民は、自動人形の人工霊魂の器としても利用しています」

この日、グレバナスはイコラーンにある工場の視察に訪れていた。視察の目的は霊子力技術の知見を広げる事。グレバナスはマクスファーンの魂の修復に使えそうな技術は何でも手に入れたいと考えていたので、ラルグウィンに頼んで工場の視察にやってきたという訳だった。

『人工霊魂の器……？　その辺りの事をもう少し詳しく教えて頂きたい』

「分かりました。グレバナス様、こちらへお越し下さい」

案内をしているのはラルグウィンの部下なので、不死者となったグレバナスの姿に驚く事はない。だがこの時のグレバナスは自身に、人間だった頃の自分の幻影を被せて変装していた。彼以外の人間と遭遇する場合もあったので、騒動を避ける為の保険だった。

――ラルグウィン殿との共闘を避けた場合、この手間は厄介であったろう……ゆえに今しばらくは共闘を続けるべきか……。

案内役には必要ないおかげで、グレバナスが使用している幻影の魔法は心理に訴えかけて誤認させるだけの、ちょっとしたもので済んでいる。長時間一緒にいる相手を騙し続ける場合にはもっと強力な魔法が必要なので、もし自力で霊子力技術を得るのであれば相当な手間がかかっただろう。またラルグウィン抜きで大規模な生産技術を得るのも困難を極めた筈だ。それはマクスファーンの復活を願うグレバナスには致命的な問題となる。そしてその事がもうしばらくラルグウィンとの対立を防ぐ事になった。ラルグウィンを魔法で操る手もあるにはあるが、それはより多くの人間を超長時間にわたって騙す事が必要になるという事でもある。そうした確率論的な破綻を心配し続けるよりは、今しばらくは共闘を続ける方が効率的だった。

「こちらが大地の民が使っている自動人形です。外見は自由なのですが、土着の信仰対象を模した形状が好まれています」

『それは逆かもしれませんね』

「は？」

『この形に魂を宿したかったのかもしれない、という事ですよ』

「そういう意味でしたか。その解釈は正しいかもしれません」

『加えて技術が初期の頃は、この形に向けられる外部からの霊力によって、人工霊魂が安定したのでしょう』

「なるほど……我々がこの技術を解析して再現する時には、その辺りを考慮に入れて進めます」

　グレバナスは工場を巡りながら霊子力技術に対する理解を深めていった。元々心術や死霊術に長けているので、その理解は早い。案内役が舌を巻くような場面が度々あった。

ついでに工業技術や製造技術に関しても学んでいるが、こちらは流石に大まかな理解に留まっている。基礎的な科学の学習が済んでいないのだ。とはいえ勉強熱心なグレバナスなので、こちらも時間の問題だろう。

『これは動かないのかね？』

「これは技術の解析の為に解体中のものです。稼働中の個体は、現在基地の方で戦闘力の試験中です」

『地球で言う、灯台下暗しというやつだな。基地へ帰ったら覗きに行くとしよう』

「担当者に連絡しておきます」

そうやってグレバナスが工場で半日ほど過ごした時の事だった。

ビーッ、ビーッ、ビーッ

案内人が手にしているコンピューターから、けたたましい警報音が鳴り響いた。通常の報告であれば、こんな通知音は出さない。これは緊急事態を示す通知だった。

『どうした、何があった？』

「そ、それが皇国軍にこの場所を発見されたようなのです！」

警報は皇国軍の接近を示すものだった。ラルグウィンは灰色の騎士の助言を参考に、宇宙船、とりわけ輸送船の監視を強化していた。その警戒網に数隻の輸送船が引っかかったのだ。積み荷や目的地などのデータは完璧で疑う余地がない。だが問題の輸送船は予定されていた航路を外れつつある。宇宙港側に問題があった様子はないので、全ての輸送船が同時に航路を誤ったと考えるのは不自然だろう。皇国軍が接近していると考えるのが妥当だった。

『早くもやってきたか……すぐに迎撃の準備を』

「は、はいっ！」

そして監視を強化していたように、防衛態勢も強化されていた。敵が来るかもしれないなら、それに備えるのは当然だろう。兵士の数も兵器の数も、青騎士の帰還前よりは倍以上に増えている。そもそも重要施設で多くの兵を配置していたので、その数は非常に多い。落ち着いて戦えば、連隊規模の敵でも押し返せる筈だった。

ズドンッ

だが、それが出来なかった。その原因は、工場全体を大きく揺らす程の、非常に大きな爆発だった。

『どうした、攻撃されたのか⁉』

グレバナスは真っ先に皇国軍の攻撃を疑った。だが案内役の兵士は首を横に振った。

「いいえ、事故です！　稼働中の精製施設の一部が吹き飛んだようです！」

その爆発は、工場の内部で起こった事故によるものだった。鉱石からクリスタルを作るラインの一区画が爆発して吹き飛んだのだ。事故の情報は続々と報告されている。被害は甚大で、多くの死傷者が出ているようだった。

『事故!?　これはまずいタイミングで事故が――いや、これはこれで利用すべきか。ふむ、無事な者達は早々に退避させるのだ。お前達もだ』

これは予期せぬ事態だった。しかも敵が迫っている状況で起こった最悪のケースだと言える。だから被害が甚大であると報告を受けた段階で、グレバナスは素早く撤退を決めた。この状況では戦っても足並みが揃わず、勝てる見込みがないという判断だった。

「しかしあの区画にはまだ沢山の人間が残っております！」

案内人の兵士はここで初めてグレバナスの指示に反発した。彼は元々グレバナスの部下ではない。だがこれまでは状況的にグレバナスの指示に従っていた。実際グレバナスの指示は正しかったから。それでも今回は従えなかった。彼は自分達が非合法な集団だとは理解していたが、それでも仲間は見捨てられなかった。

『今の状態では救助もままならないのだ！　彼らの救助の為にこそ、一度退避して立て直す必要がある！　仲間を救いたいのなら急げ！』

「はっ、はいっ！」

だが結局兵士はグレバナスの指示に従った。助ける為にこそ一旦逃げる、それが正しいかもしれないと思えるほど、爆発の被害は大きかった。

問題の工場との距離が詰まり、孝太郎達を乗せた『朧月』のカメラでも工場の様子が捉えられるようになった。そうして映し出された工場の映像は惨憺たる有様だった。爆発は工場の奥で起こったようで、その一帯の屋根が吹き飛び、工場の内部が露出していた。だが露出しているものをはっきりと見る事は出来ない。赤い炎と黒煙が視界を塞いでいたからだった。

「一体何が起こったんだ⁉」

孝太郎は激しく炎上する工場に驚きを隠せなかった。敵――孝太郎達が迫っているタイミングで自ら工場を爆破する程、ラルグウィン一派は酔狂ではないだろう。工場にあるのは大地の民から奪った技術なので、孝太郎達に取られたくない情報や技術がある訳ではないのだ。強いて言えばラルグウィン達の居場所に関する情報は取られたくないだろうが、それを隠す為に大規模な工場の爆破に踏み切るのはおかしい。だから事故なのは分かるのだが、分からないのはどんな事故なのかという事だった。

「分かってきましてよ、炎の温度からみて、何かしらの化学物質が燃えていると見て間違(まちが)いありませんわ！」

　孝太郎の疑問に答えてくれたのはクランだった。彼女は観測機器を総動員し、工場で使われていた化学物質が燃えていると結論した。通常の建材が燃えた場合よりも炎の温度が高いようなのだ。また黒煙には火災の時に生じる単純な化合物以外に、複雑な化合物が含まれていた。つまり何かしらの化学物質のタンクが爆発して、燃え広がっているという事だった。

「おやかたさま、工場は大混乱のようです。従業員達が脱出(だっしゅつ)する列が出来ています」

「こいつは戦闘どころじゃないな……キリハさん、どう思う？」

「私がラルグウィン一派であれば、このどさくさに紛(まぎ)れて逃げる。だが、我々はそれを追う訳にもいかない立場にある。すぐに自治体の消防に連絡し、我々もこの火災の対応にあたる。化学火災は厄介(やっかい)だ！」

　ラルグウィン一派には自ら工場を爆破する理由はなかったが、起きた爆発は利用するだろう。この大混乱に紛れて工場から脱出してしまえば、孝太郎達に捕まらずに済む。それが分かっていても、キリハは救助に回るべきだと考えていた。彼女は化学物質の火災が危険である事を良く知っていたのだ。

「やっぱりそうなるよな。良いな、ティア？」

「うむ！　時には遠回りをしてでも国民を守るのが王者たるもの！」

孝太郎とティアにも文句は無かった。このままでは工場で働いている現地の労働者がどんどん死んでいく。それを放置したままラルグウィン一派を追うのは騎士と皇女の道ではない。二人が思い描く道は、かつてアライアが思い描いたものと同じだった。

「ちょっと待って！」

そうして動き出そうとした孝太郎達を止める者があった。

「どうした早苗？」

「なんか、へんなの………なんだろう、このぐにょぐにょしたやつ………いっぱいある。動いてる！」

孝太郎達を止めたのは『早苗ちゃん』だった。彼女はいつになく真剣な眼差しで、モニターの映像ではなく壁の方をじっと見つめていた。実は工場は彼女の視線の先にある。早苗は目ではなく、霊能力で工場の様子を観察していた。そこで彼女は人間とは違う何かが存在する事を感じ取っていたのだった。

「霊子力兵器か？　それとも関係ない生き物か？」

霊子力関連の工場なので、埴輪達のような自動人形や霊子力兵器が作られているのかもしれない。孝太郎は、それを早苗が感じ取ったのではないかと考えた。だが早苗は首を横に振った。

「多分どっちも違うと思う。埴輪ちゃん達みたいにしっかりとした気持ちを感じないの。霊力の武器みたいに空っぽな感じでもないし。なにかこう、ぐにょぐにょしてて……はっきりしないの」

早苗は困惑していた。自分が感じたものを上手く言葉に出来ないのだ。生き物という程には明確な感情が感じられない。また霊子力兵器は通常、霊力は高いが感情はゼロという状態にある。使用時には使用者の感情に染まるが、『早苗ちゃん』が感じているものはどちらとも違う。強いて言えば、かつて灰色の騎士が呼び出して攻撃に使った灰色の塊に近いかもしれない。だがあれ程の力は感じないし数も多く、全くの別物だった。

『「早苗ちゃん」、みんなにも見て貰ったら良いと思うんだけど』

「どーやって？」

『こーやって』

言葉による説明に苦労している『早苗ちゃん』に『早苗さん』が助け舟を出した。彼女は幽体離脱した状態で『早苗ちゃん』の隣に立ち、自身の額に意識を集中させた。すると彼女と『早苗ちゃん』の額で紫色の剣の紋章が光り始める。シグナルティンとサグラティンとの繋がりを活性化したのだ。

「なんだこりゃ⁉」

おかげで孝太郎達にも早苗達が見ているものが分かるようになった。確かに彼女の言う通り、得体の知れない何かが蠢いていた。それは孝太郎達には何処となく不快なもののように感じられた。

「まさか⁉」

ここでキリハの顔色が変わった。殆どの者が想像も出来なかったこの何かに、彼女だけは心当たりがあったのだ。

「クラン殿、探査機をこの場所に‼」

「分かりましたわ！」

クランにも自分が感じているものが何なのかは分かっていなかった。だがキリハの焦った様子からその深刻さを感じ取り、手早く『朧月』の探査機を射出した。探査機は宇宙でも使える代物なので、高温の化学火災でもしばらくは問題なく機能する筈だった。

「うえぇぇぇぇっ、なんなんですかぁっ、この気持ち悪いのはぁっ⁉」

探査機はすぐに現地の映像を送ってきた。三次元モニターに映し出されたその映像を見たゆりかは、悲鳴を上げ顔を青ざめさせた。映っていたのは濁った水溜まりだった。周囲が燃えているので色は分からない。特徴的だったのは、その水溜まりの中で何かが泳いでいるように見える事だった。犬、馬、猿、牛、そして人間。それ以外にも多くの生き物が泳いでいるように見えた。下は平坦な床なので、本当にそれらが泳いでいる訳ではない。水溜まりの表面が盛り上がって、そのような形に変形しているのだ。そしてそれが連続して起こっている。ゆりかでなくても生理的な嫌悪感を催す光景だった。

「やはりそうだったか……なんという事をしているのだ、ラルグウィンッ！」

普段は滅多に強い感情を見せないキリハだが、この時は明確に怒りを露わにしていた。キリハにはこれが何なのかが分かるのだ。そしてそれは彼女の嫌な予感が正しかった事を意味していた。

「キリハさん、これは一体何なんだ？」

「霊子力コンデンサーやバッテリーを作る際に出る廃棄物だ！」

バンッ

キリハは怒りに任せて近くの壁に拳を打ち付けた。キリハは本当に怒っていた。彼女がこうまで怒るのは、いつ以来だろうか？　ともかく彼女が決して許せない光景が眼前に広がっていた。

「しかも、奴らは生きた動物を材料に使っている！　場合によっては人間さえも！」

ここでようやく孝太郎もキリハが何に怒っているのかを理解し始めた。あの生命を感じさせる不定形の何かは、霊子力技術を作る際に発生した廃棄物だったのだ。

「鉱石を精製するプロセスで正の霊力を貯め込む要素を集めれば、反対に負の霊力を貯め込む要素が残る。連中はそれを死んだ生き物と一緒にして放置したのだ！　その結果があれだ！」

「なんだって⁉」

霊力には正負二つの性質がある。生き物が発する正の霊力と、死霊や不死者が発する負の霊力だ。そのうち人間に使い易いのは正の霊力で、霊子力技術のコンデンサーやバッテリーはそれを貯め込む機能を有する。それらを作る為に必要な鉱石は、正負双方の霊力を貯める性質がほぼ均等に混じり合っている。おかげでそのままでは二つの霊力が打ち消し合い、霊力を貯め込む事が出来ない。貯め込むには、精製して正と負、二つの霊力を貯める性質を分離しなければならないのだ。そうして正の性質を取り出せば、後には負の性質と不純物が混じり合った廃棄物が残る。大地の民の通常の手順では、廃棄物は処理され無害化される。大まかに言うと、熱と霊力で圧力をかけ続ける事で、霊的特性を分解するのだ。だがラルグウィン一派はそれをしなかった。廃棄物の処理施設は結構な規模になるので、コストと時間を優先して設置を見送った。結果この霊的な廃棄物は、他の廃棄物と一緒にタンクに入れられ放置された。そしてこの『他の廃棄物』も問題だった。

作り出された霊子力バッテリーは放置しておけば勝手に周囲の霊力を貯め込んでくれるが、それはとても遅い。そこで普通は霊能力者が直接霊力を流し込んだり、霊力が高い土地に作られた祭壇——充霊器を使って霊力を貯める。余談だが、大地の民が一〇六号室を狙ったのは後者の理由からだ。だがこの鉱山惑星のイコラーンには、霊力の豊富な土地がない。捜せばあるのかもしれないが、数が少ないので敵の霊能力者——この場合は早苗達——に見付かりやすいとも言える。そこでラルグウィン一派は生きた動物を生け贄にしてバッテリーに霊力を貯めた。生物の死は至る所で繰り返されているので、早苗達にも見付けにくい霊力のチャージ方法だった。そしてその死骸こそが『他の廃棄物』のうちの一つだった。

何の相性が悪いと言って、負の霊力を貯め込む物質と死骸ほど相性の悪い物は無いだろう。死骸は負の霊力を発しているから、それらは廃棄物に貯め込まれていく。そして貯め込まれた負の霊力は溢れ出し、死骸を不死者に変える。あるいは単純に圧力が上がってタンクを破壊する。つまり工場の爆発は、貯め込まれた負の霊力が限界を迎えた事によって起こったのだった。

「つまり化け物を作る廃棄物を放置したのか!?　どうしてそんな事をっ!?」

孝太郎には理解出来なかった。廃棄物を放置すれば誰の為にもならない。他ならぬラルグウィン一派でさえ。実際こうなっているのだから、孝太郎が混乱するのも当たり前だろう。

「我ら大地の民はこうした霊子力技術の負の面を取り除く努力をしてきた。だが彼らは違う。これは力だけを求めて霊子力技術を扱った結果なのだ」

「武器が手に入れば後はどうでも良いってのか⁉」

「安全性を無視すれば、早く安く武器が手に入る。逆転を狙う彼らにとっては、安全や環境への配慮など無用の長物なのだ！」

ラルグウィン一派は安全性よりも一刻も早く霊子力兵器を生産する事を選んだ。処理施設のコストを他へ回せば、ずっと早く安く霊子力兵器を手に入れられる。ある意味では追い詰められた状況にある彼らは、そういう賭けに出たのだ。そして負けた。

「キリハ達が霊子力技術を進歩させたのは、あくまで故郷を守る為じゃ。だから汚染を起こすような手法は取らなかった。大地の民の急進派でさえ廃棄物は適切に処理した！　じゃがヤツらは違う！　ここがいずれ発見される想定であるなら尚更そうじゃ！」

ティアも怒っていた。フォルトーゼの国土が汚され、国民が危険に晒されている。それも身勝手なテロ行為の準備の為に。許せる事ではなかった。

「馬鹿な！　分かっているのか⁉　王様になるってのはそういう事じゃない筈だぞ、ラルグウィンッ!!」

ダンッ

状況を理解した孝太郎はキリハ同様に拳を壁に叩き付けた。孝太郎にはキリハの怒りはもっともだと感じられた。そしてラルグウィン一派の行為は、アライアの理想とはあまりに大きくかけ離れている。真の王者の道ではない。孝太郎は目も眩むような激しい怒りに震えていた。

「……彼らが過疎地域を選んだ事を、幸運だったと思うべきかもしれませんわね」

クランも気持ちは同じだった。だが烈火のように怒る孝太郎とは逆に、冷たく氷のような静かな怒りだった。彼女がそうなるのは、ラルグウィンの行動によってかつての自分がどのような事をしていたのかを客観的に見る事になったからだ。その強い怒りはラルグウィンとクラン自身の双方に向けられていた。

ビシッ

「いたぁっ!?」

突然クランの額に激痛が走る。孝太郎が指先で彼女の額を弾いたのだ。

「ベルトリオンッ、いきなりなんですのっ!?」

「……お前は子供だっただけだ。あいつとは違う」

孝太郎は唇を噛み締めるようにしていたクランの姿に気付いた事で、幾らか冷静さを取り戻していた。強い感情に支配されていては、理性的な行動は取れない。そして孝太郎はアライアの理想は理性的な行動の中から生まれてくると信じるから、クランにもそうして欲しかった。

「でも……」

「自分を責めるのは後だ！　悩みは後で幾らでも聞いてやる！　今は目の前の事に集中して、皇女の責務を果たせ！　お前の力が必要だ！」

「ベルトリオン……」

クランの目が大きく見開かれた。悩みは尽きない。過去は変えられない。自身に向けられた怒りは今も燻り続けている。だが孝太郎のおかげで、クランの瞳の輝きが変わった。そこには少しだけ普段の彼女の瞳の輝きが戻ってきていた。

「……分かりましたわっ！　この状況を何とかしますわよ、ベルトリオンッ！」

「よく言った、それでこそ俺のお姫様だ！」

問題は化学物質による火災より、限界を超えて貯め込まれた負の霊力の方にある。それがどんな災害を引き起こすのかは分からない。あるいは既に起こっているかもしれない。一刻も早く対処する必要があった。

技術的問題　九月二十九日(木)

厳密に言うとラルグウィンの一派が、動物だけでなく人間を霊力を貯める為の生け贄に使ったのかどうかは分からない。人間が使う武器や兵器の為の霊力なので、人間を生け贄に使う方が効率が良いのは確かだ。しかし人間が居なくなれば事件になるので、リスクが高い。フォルトーゼは地球以上に犯罪捜査の技術が進んでいるので、多少の効率化の為にリスクを高めたとは考えにくい。だが例の水溜まりには人の姿が見え隠れしている。仮に人間を生け贄にしていないなら、爆発と火災に巻き込まれた人々がそこへ取り込まれた事になるだろう。どちらにしろ既に人間の犠牲が出ている事には変わりなかった。

「里見君、思ったよりまずい状況になってるみたいよ！」

クランやルース、ゆりかや早苗と共に状況の分析に当たっていた真希が、小走りで孝太郎のところへ報告にやってきた。その時の彼女の声や表情から、状況の深刻さが窺えた。

「どうまずいんだ？」

「あの水溜まり、勝手に動くようなの」

「確かに、動いてはいたよな」

「そういう意味じゃなくて、人を追いかけているみたいなの」

問題の水溜まり――鉱石の精製時に出た廃棄物は、それ自体が生き物のように振舞っていた。まるでアメーバ状の微生物の捕食行動のように、自ら動いて人を襲うのだ。

「意思があるのか？　それとも本能？　あー、いや、そうじゃなくて……捕まるとどうなる？」

「触れてしまうと負の霊力に汚染されて生ける屍になるわ。ただし、そのまま水溜まりに飲み込まれて一体化する場合もあるみたいね」

廃棄物に蓄積された負の霊力は、接触した対象を侵食する。普通の生物は正の霊力を帯びているが、廃棄物の負の霊力と比較するとあまりに弱い。あっという間に正の霊力を掻き消され、生ける屍と化してしまうのだ。生ける屍になると正常な思考を失い、廃棄物同様に他の生物を捕食しようと彷徨い歩くようになる。あるいはそのまま廃棄物に飲み込まれ、吸収されてその力の一部となる。そうやって廃棄物は再生産を繰り返し、その力と生ける屍の群れを増やし続けていた。

「その上、化学物質の火災で手が出しにくい……このままだと被害が大きくなるばっかりだぞ！」

爆発した工場の状況は深刻だった。爆発は廃棄物に負の霊力が貯め込まれ続けた事で、貯蔵タンクの圧力が高まり破裂して起こった。つまり元々は負の霊力が爆発した訳なのだが、副次的に発生した通常の火災が工場内の化学物質に燃え移り、高温の化学的な火災になってしまっている。結果的に溢れ出た負の霊力を帯びた廃棄物と高温の火災が同時に広がっていく構図になっており、廃棄物をどうにかしようとすれば火災が邪魔で、火災を何とかしようとすると廃棄物が邪魔になるという、非常に厄介な状況に陥っていた。放置すれば火事はいずれ消えるのかもしれないが、その頃には廃棄物と生ける屍の群れがどこまで広がっているか見当もつかない。逃げ遅れた工場の従業員達は、今も次々と生ける屍に変えられ続けていた。

「コータロー様、私達で参りましょう。通常の装備では双方に同時に対処する事が出来ません」

科学と霊力、そして魔法を操る孝太郎達なら、この状況にも対処できる――――晴海はその長い髪を銀色に輝かせながらそう結論した。一見冷静な表情や言葉とは裏腹に、彼女の胸の中では強い怒りの感情が渦巻いている。彼女の言葉からはいつになく強い意志の力が感じられ、その瞳もまた同じ力で輝いていた。何も知らないフォルトーゼの国民が、一握りの人間の悪意によって危機に晒されている。それはフォルトーゼを愛する彼女には到底許せる事ではなかった。

「それしかありませんね」

孝太郎も異論はなかった。元よりそのつもりだった。孝太郎達だけではどこまで出来るかは分からない。巨大な工場に対して、孝太郎達はたったの十人。明らかに人手が足りなかった。だがそれでも何もしない訳にはいかない。今も目の前で多くの命が失われようとしていたから。

「よしみんな、これから――」

孝太郎がそう言いかけた時だった。不意にネフィルフォランの姿がブリッジの立体モニターに映し出された。

『青騎士閣下、我々が従業員達の救出を引き受けます。閣下は廃棄物や生ける屍の方をお願い致します！』

「ネフィルフォラン殿下⁉　しかしそちらの装備では危険です！」

ネフィルフォランの言葉に、孝太郎は酷く驚かされた。孝太郎達が得た情報はネフィルフォラン隊にも伝わっている。だから彼女達もその危険性は分かっている筈だった。だがネフィルフォランは余裕のある態度を崩さなかった。

『ご安心下さい、青騎士閣下。こういう時の為のＰＡＦです』

「そうか、その手があった！」

ネフィルフォランは対策なしで突っ込もうとしている訳ではなかった。ネフィルフォラン連隊には既に、先行生産分のＰＡＦが配備されている。それを使えば廃棄物との接触を避ける事が出来るだろう。また軍用モデルなので高温の火炎にも耐えられるし、呼吸用の酸素タンクも装備されている。輸送船にカモフラージュする関係で従来型のパワーアシストスーツを持ち込めなかったネフィルフォラン隊だが、代わりに持ち込んだＰＡＦこそがこの状況に必要とされていたのだった。

ラルグウィン一派はこの拠点――鉱山と工場が、孝太郎達に見付かってしまう事を想定しており、迎撃の為の準備を進めていた。だがそれも水泡に帰した。火災と生ける屍によって拠点全体が大混乱となり、準備されたものを使う余裕などなくなっていた。拠点にいる者が出来た事と言えば、必死になって逃げる事くらいだった。

『廃棄物が負の霊力を帯びて不死者を生み出すとは……奇妙な事になったものだ』

そうやって大混乱に陥っている拠点の中にあって、グレバナスだけは例外的に冷静さを保っていた。自身も復活した死者であるので、グレバナスにとってはこの状況はただの火災なのだ。もちろん火災の中で冷静さを保つだけの胆力は備わっていた訳だが。

『この混乱に紛れて技術を幾つか持ち出せれば良いと考えていたが、少しばかりこれらの調査もしておくべきかもしれんな』

グレバナスは案内役の兵士に脱出を促した後、一人で工場に残っていた。その目的は火災で燃え落ちてしまう前に、霊子力技術を回収する事だった。生産されているものを持ち出すのはもちろんだが、生産システムに使われている大型のクリスタルなどを始めとする幾つかの技術を手に入れるチャンスなのだ。状況的にラルグウィン一派はこの場所の現場検証は出来ない。持ち出して隠せばグレバナスが持っている事を知られる事はない。今ではなく将来を見据えての行動だった。

『行うべきは……こちらの生ける屍との性能比較、それと廃棄物のサンプルの取得、といったところか』

グレバナスは燃え盛る工場の中で呪文の詠唱を開始する。それは彼自身が得意とする生ける屍――――ゾンビを生み出す魔法のものだった。

『出でよ彷徨う魂、冥界の住人よ！　屍に宿り、その両足で大地を踏み締めよ！　立ち上がりし屍ども、歩みて集い、強固な軍となれ！　雄叫びを上げよ！　死者の軍団！』

　グレバナスが古代語による呪文を朗々と唱えると、それに応えるようにして周囲に転がっていた死体が次々と立ち上がっていく。彼らは単純に火災で死亡した者達で、死因は火傷や窒息など様々だ。廃棄物と接触した訳ではないので、彼らは生ける屍にはならずに転がっていた。グレバナスはそれを魔法の力で生ける屍――ゾンビに変えた。その数は十体あまり。軍団というには数が少ないが、情報収集に使う分には十分だった。

『まずは身体能力と戦闘能力……お前、そのまま正面の敵を襲え』

『……』

　グレバナスは早速情報収集の為の実験を始めた。魔法で作り出したゾンビのうちの一体を操り、廃棄物が作り出した生ける屍の一体を襲わせようというのだ。ゾンビはゆっくりとした足取りで生ける屍に近付いていく。死者が死者を操り、死者を襲わせる。それは狂気に満ちた実験だ。その実験を主導するグレバナスはどこか楽しそうだ。彼の精神はとうの昔に狂気に侵されている。人間の道徳など焼き尽くされて久しかった。

孝太郎達は魔法で作られたゾンビとの交戦経験があった。だから彼らが負の霊力から生まれた生ける屍と対峙した時、ゾンビとの違いを感じ取っていた。

「みんな気を付けろ！　こいつら前に戦ったゾンビよりもずっと速い！」

生ける屍はゾンビよりも動きが速かった。死んだばかりで身体がまだ腐っていない事も大きいのだが、正負が逆転しているとはいえ、霊力を帯びている事が動きが速い一番大きな理由だった。早苗と同じく、霊力によって身体能力が強化されているのだ。

「じゃが、こやつら速いだけでバラバラじゃのう。攻撃も単調じゃし」

「頭の中もぱわーあっぷしてるけど、ほんの一に引き摺られてるの。みんなでこーやって戦おう、みたいな事は考えてないっぽいよ」

脳も身体同様に強化されているのだが、彼らには明瞭な意識が無い為に、本能に引き摺られるように行動する。食欲に従って、動くものを襲うといった具合だ。また混濁した意識でも周囲への漠然とした恐怖はあるので、狂暴化して身を守ろうという行動に繋がり易い。結果として生ける屍はバラバラに行動する事が多く、比較的対処し易い敵だという事になるだろう。今のところは孝太郎達がやられてしまう心配はなく、一体一体順番に倒しながら先へ進んでいた。

「真希ちゃぁん、魔法で作ったゾンビの方はぁ、もうちょっとだけ団体行動しましたよねえ？」

「ええ。それに簡単な命令なら聞いてくれるし、単純な仕事なら覚えられる。魔法のゾンビは頭がいい、霊力のゾンビは身体能力に優れる、という感じのようね」

　この時のゆりかと真希の言葉がゾンビと生ける屍の性質の違いを端的に表していた。魔法使いのプログラムで死体が動いているのか、それとも負の霊力で活性化された死体が本能的に動いているのか。二つの不死者にはそういう違いがあった。

「皆さん気を付けて下さい！　身体能力に優れているなら感覚にも優れている筈です！」

『ハルミの言う通りですわ！　彼らは凄い勢いで集まってきますわよ！』

「わあああぁっ、来てる来てる！　向こうの通路からいっぱい来るわ！」

『落ち着けシズカ。儂が何とかしてやる』

「おじさま、前みたいに怪物をかじらないでね、絶対!!」

　生ける屍にはゾンビのような戦術的な連携は見られないが、物音や人の気配に向かって突っ込んでくるので、結果的に増援や突撃、波状攻撃といった作戦のように見える行動を取る場合もあった。これは負の霊力で五感が強化された結果であり、魔法で作られたゾンビにはない特徴――そういう命令を受けている場合はある――だった。

『廃棄物のタンクまではもう少しです。敵の数は更に増える可能性があります！』

「廃棄物そのものにも注意を。触れれば我らでもただでは済まないだろう」

孝太郎達は生存者の救助や誘導、そして火災への対処をネフィルフォラン隊に任せ、工場の奥、廃棄物タンクがあった場所へ向かっていた。そこが生ける屍の発生源であり、今も次々と生ける屍が生み出されていた。しかも廃棄物自身もまるでアメーバ状の生き物のように変形しながら移動しているので、発生源は拡大し続けている。孝太郎達は一刻も早くこの問題に対処しなくてはならなかった。

「ルースさん、次はどっちですか？」

『おやかたさま、正面左側のゲートへ向かって下さい！　その先にある溶鉱炉の部屋を抜けていくのが一番の近道です！』

「分かった！」

孝太郎達はいつもの十人に二人の早苗を加え、総勢十二人でイコラーンにやってきたのだが、この工場の中に入ったのはそのうちの十人だけだった。残る二人、クランとルースは『朧月』に残ってバックアップを担当している。普段ならキリハも『朧月』に残る局面だが、今回は彼女も孝太郎達と一緒に行動していた。霊子力技術絡みなので、現場に彼女と埴輪が居た方が良かったのだ。

「まずいわ里見君、通路が火の海よ！　私はおじさまの力があるから平気だけど、みんなはちょっとキツイかも！」

「クラン、何とかしろ！」

『やってますわ！　……ああ、あったあったあったあった！　みんなちょっと止まって息を止めてくださいまし、消火装置を起動しますわ！』

ブシュウゥゥゥゥゥゥ

クランは孝太郎達に同行させている無人機を介して工場のシステムに侵入し、消火装置を起動させた。爆発と火災によってネットワークが寸断されているので消火装置の効果は限定的だったが、それでも孝太郎達の行く手を塞ぐ火炎は大きく減じた。完全に消えた訳ではないが、これならば少女達の魔法で十分に防ぐ事が出来る筈だった。孝太郎達はこうして敵や障害を排除しつつ先へ進んでいた。本来ならラルグウィン一派の兵士達が立ち塞がった筈なので、火災を除けば状況は決して悪くはない。またネフィルフォラン隊が他の面倒事を引き受けてくれた事も大きい。おかげで孝太郎達は全員で廃棄物への対応に集中する事が出来ていた。

「ルース、ネフィの方はどうなっておる？」

『あちらにも生ける屍が襲ってきているようですが、上手く対処しているようです』

「早速ＰＡＦを使いこなしているという事じゃな。流石、誰よりも早く注文を入れてきただけの事はある」

ネフィルフォラン隊は現在、火災の消火、生存者の誘導や捜索、そして襲ってくる生ける屍への対応にあたっている。そしてその活動を支えているのがＰＡＦだった。

ネフィルフォラン隊が使っているＰＡＦは標準的な機能に加え、酸素タンクが増設されたモデルだ。これにより歪曲場の発生装置は一回り大きくなってしまっているのだが、それでも従来型のパワーアシストスーツよりはずっと持ち運びが簡単だった。彼らは工場に降下した直後からＰＡＦを作動させて任務にあたっていた。

「連隊長、ラシャンタ分隊が問題の生ける屍と交戦したとの報告が」

ナナがネフィルフォランに最新情報を報告する。この時ネフィルフォランは工場の外に設置された本陣に居た。もちろん最初は彼女も部隊を率いて工場に入ろうとしたのだが、周囲の兵達の猛反発にあってしまった。ＰＡＦが実戦で使い物になるかどうかは不透明であった事もあり、兵達としては爆発が続く火災の中に指揮官を入れたくなかったのだ。その為彼女と周囲は意見が対立した訳なのだが、最終的にはネフィルフォランの方が折れた。必要に迫られた訳でもないのに指揮官があえて混乱の中に入れば、トラブルの元になる事は彼女もよく分かっていたからだ。そんな訳で彼女はちょっとだけ不満を感じながらも本陣に居た。そして副官のナナを経由して伝えられる情報を基に、各部隊へ指示を出していた。

「状況は？」

「最初に遭遇した一団は問題なく排除、ですが音を聞いて集まって来た後続に兵士の一人が近接攻撃を受けたようです」

「被害は⁉」

　ネフィルフォランの顔色が変わる。彼女も生ける屍についての情報は持っている。孝太郎達の情報が共有されていたのだ。だから生ける屍が感染する可能性がある事も知っていた。生ける屍に廃棄物が付着していれば、攻撃を受けた時に兵達に付いてしまう可能性があったのだ。

「ありません。メディカルチェックも異常なしです。どうやら感染源はＰＡＦが完全に防いだようです。その後、後続も無事に排除したとの事です」

「ふぅ……まずは一安心か………」

ネフィルフォランは大きく安堵の息を吐いた。やはりＰＡＦが隊員達の安全を守れるかどうかが気がかりだったのだ。既に火災に耐える事は分かっていたのだが、生ける屍との交戦や廃棄物との接触については防げるかどうかは分かっていなかった。それがどうやら大丈夫そうだと分かり、ようやく気持ちが落ち着いたネフィルフォランだった。

「副長、念の為に対生物化学兵器用の洗浄装置の用意を。後々必要になる」

「はい、直ちに用意致します」

「救助の方はどうなっている？」

「そちらも着々と進んでいます。現時点で五百八十二人を救助しています」

「殆どが中央と西側からの救助者……東側の動きが鈍いようだな」

「東側は瓦礫の撤去に時間がかかっているようです」

「ふむ……救助者を連れて戻ってきた部隊の一部をそのまま東へ回せ。数は任せる。彼らは瓦礫の撤去の目途が立ってから元の任務に戻す」

「はい、そのように手配致します」

ネフィルフォランの指示は的確で早い。元々そうではあるのだが、心配事が片付いた影響も少なくなかった。ＰＡＦを信じてはいても、実際にどうなのかを確かめるまでは心のどこかに不安が残るのは仕方のない事だろう。

「それにしても連隊長、急いでPAFを注文しておいて良かったですね？」

ナナの表情も明るい。気持ちは彼女も同じだった。やはり寝食を共にする気の良い仲間達が未知の危険に晒されていると良い気はしなかったから。

「そうだな。この状況でPAFがなかったらと思うとゾッとする。副長が青騎士閣下と繋がりがあって助かった」

「それだって連隊長の素早い決断があってこそですよ」

幸いPAFは化学火災の高温の火炎に耐え、呼吸を確保し、生ける屍や廃棄物との接触を遮断してくれた。それだけでなく瓦礫の撤去や戦闘時にも力を発揮している。要救助者に使わせてその身を守るのもいいだろう。この状況でPAFが使えなかったら救助は何手も遅れる事になり、被害は大きくなっていた筈だ。ネフィルフォランがPAFを導入していたのは英断だったと言えるだろう。

「助かったのはこの場にいる全員ではないでしょうか。里見さん――青騎士閣下も含めて」

「そうだな。何かが一つ欠けてもこうはならなかった。幸運と人の縁に感謝しよう」

「はい……おっと、イコラーンの航空部隊が消火剤を撒いてくれるそうです」

「現場に伝えろ。作業を一時停止」

「直ちに！」

ＰＡＦの助けもあり、ネフィルフォラン隊は順調に役目を果たしていた。火災は徐々に弱まり、救助は進んでいる。だが工場の奥は廃棄物が障害となり、どちらもあまり進んでいない。こうなると問題は孝太郎達の方が廃棄物の除去に成功するかどうかにかかっていると言えるだろう。だが、この場所にはその障害となる人物が存在している。それは自らも不死者である大魔法使い、グレバナスだった。

当初から情報収集にあたっていたグレバナスは、この時点で生ける屍と廃棄物の特徴をほぼ把握しつつあった。身体能力の高さ、軍事行動への使い難さ、感染と増殖の手段、そして自身の魔法との相性。そうした詳細な情報を得たグレバナスは、生ける屍と廃棄物の軍事利用の可能性を探っていた。

『フゥム、既にゾンビとして活動している死者は、この廃棄物による更なる変化でむしろ弱体化するのか……』

グレバナスの目の前では一体の死体が床に倒れており、ぎこちなく身体を動かしていた。

この死体は生ける屍であり、同時にゾンビでもある。グレバナスが作り出したゾンビを、意図的に廃棄物に接触させたのだ。その結果、ゾンビは負の霊力に汚染された訳なのだが、その時からゾンビは上手く動く事が出来なくなっていた。

『なるほど……別系統の命令を同時に受けるから混乱を来す訳だな。だがこれはこれで使い道がある。面白い！』

　グレバナスは興奮気味だった。魔法はグレバナスの命令通りにゾンビを行動させようとするが、負の霊力は死体の脳を活性化させ本能的な行動をさせようとする。二つの命令は対立し、ゾンビとしても生ける屍としても行動する事が出来なくなってしまう。そんな新たな発見がグレバナスを興奮させていた。

『魔法と霊力の組み合わせは慎重に探る必要があるようだな……マクスファーン様がこうなってはかなわんからな』

　言うまでもない事だが、グレバナスの目的はマクスファーンの復活だ。だがそのマクスファーンが死んだのは二千年前の事であり、時間が経ち過ぎていて魔法だけでは復活させるのは困難だった。そこで霊子力技術の助けが必要であると思われたのだが、目の前で混乱するゾンビを見れば分かるように、単純に組み合わせるだけでは失敗は確実だった。両者を擦り合わせる何かを用意する必要がありそうだった。

『今のところは……こうするしかないな』

ここでグレバナスは混乱してもがく死体にかけられていた魔法を終了させた。すると死体はもがくのをやめ、しなやかで素早い動きで立ち上がる。今はゾンビ化の魔法が解けたので、死体には負の霊力しか働いていない。普通の生ける屍になったのだ。

『そしてこう……』

グレバナスが腕を振ると、生ける屍の爪や犬歯が赤い光を帯びる。それは攻撃力を引き上げる魔法で、ゾンビ化の魔法に利用されていた魔力が拡散して消える前に、この魔法に組み替えたのだ。

『優れた技術があるというのに、こうせざるを得ないのは残念だが……』

今は魔法と霊力を同時に使って制御しようとすると混乱が生じる。そこで制御は全て負の霊力に任せ、魔法は単純な強化に絞る。強化するのは武器となる爪や牙の威力、筋力とスタミナといったものだ。あえて協調させようとせず役割分担を明確にする。現時点においては、グレバナスはこれがベストであろうと考えていた。

『行くがいい、お前達。向こうには沢山の獲物が待っているぞ』

最後にグレバナスは、悲鳴を上げて逃げていく人間の幻影を作った。それは単純な立体映像ではなく、声や匂いまで再現された精巧な幻影だ。その幻影で生ける屍を誘導しようというのだ。そしてグレバナスの期待通り、魔法によって強化された生ける屍の群れは、我先にとその幻影を追っていった。

『さあ、どうするね青騎士君。多少不本意ではあるが、これも決して悪い手ではない筈だぞ……』

生ける屍の群れを見送ったグレバナスは、紅蓮の炎と漆黒の闇の狭間へ消えていく。まだ試したい事がある。やらねばならない事もある。ここでじっと結果を待っている訳にはいかなかった。

孝太郎は襲い掛かってきた生ける屍をサグラティンで斬った。すると正負の霊力がぶつかり合い、お互いの力を掻き消していく。だがサグラティンに蓄えられた正の霊力の方が圧倒的に多いので、最終的には負の霊力の方だけが消滅し、生ける屍はただの死体に戻って動かなくなった。

「数が多い！　一人一人相手をしていたらキリがないぞ！」

孝太郎達の実力からすると、生ける屍一体一体は脅威にはならない。そこは流石に歴戦の勇者達なのだ。問題は生ける屍の数だった。既に孝太郎達が倒した生ける屍は数十体に及ぶが、それでも次々と新手が現れる。生ける屍自身と自らの意思で動く廃棄物が、生ける屍をどんどん増やしているのだ。もし生ける屍が増える速度が孝太郎達が倒す速度よりも速くなった場合、孝太郎達はいずれ力尽きる。それを避ける手段が必要だった。

「じゃが今大技を使うと、工場自体が崩れてしまいかねん！　生存者も全滅じゃ！」

こうした状況だと、全ての敵を一気に倒したいと考えるのが普通だ。その為にミサイルや爆発物といった広範囲を攻撃する武器を使いたい訳なのだが、問題は爆発と火災で脆弱になった工場そのものだった。生存者の救助が現在も進行中なので、工場が崩れるのだけは避けねばならない。結果的に小規模な攻撃で地道に倒していかねばならず、孝太郎達の移動が遅くなる原因となっていた。

「そうだ！　ゆりかの毒ガスは⁉」

「効かないという訳ではないんですがぁ………」

生ける屍は負の霊力で動いてはいるが、行動そのものは身体の機能を使って行っている。ゆりか得意の毒ガスは効かなくはなかった。だが使えない理由があった。

「里見君、この状況では生存者がガスを吸ったらまずいわ」

真希の指摘の通り、下手にガスを使うと生存者が巻き込まれて危険だった。毒ガスで死んでしまうのはもちろんの事、催眠ガスによってその場で身動きが取れなくなって火災で死ぬ場合もある。ゆりか得意の毒ガス攻撃は、敵味方が入り乱れた状態の閉鎖空間では使い難いのだった。

「そりゃそうだよな……参ったな……」

　時間がどんどん流れていく。体力も無限ではない。敵も無限ではないだろうが、孝太郎達が力尽きるまで持ちこたえればいいだけなので、ある程度の数が居れば良い。孝太郎側としては敵の数が少ない事を願うしかなく、急ぎたい状況なので焦りが募った。

「里見君、ちょっと気になる事があるんですが」

　しかも問題はそれだけではなかった。それに最初に気付いたのは晴海だった。

「何ですか?」

「生ける屍は私達の方にばかり来ている訳ではないと思うんです。もし町の方に行っていたら……」

　工場は町外れにあるが、人間の居住エリアは決して遠くはない。工場の関係者の自宅は比較的近くにあるし、商業エリアもそこから不便ではない距離にある。時間がかかっているせいで、もしかしたら生ける屍がそちらへ行ってしまうのではないか――晴海はそれを心配していたのだ。

「そうかっ！　ルースさん！」

『直ちに！』

　上空で待機している『朧月』はこれまで工場や鉱山から出ていく車両や航空機がないかを監視していた。兵の移動や、技術の持ち出しを避けたいからだ。この状況では火災から避難する人々が多過ぎるので、個々の人間を監視するのは現実的ではなかった。だが今になってそれが必要になった。ルースは監視用のシステムに工場から離れていく人間を捕捉するように指示を出した。

『おやかたさま、大変です！』

　ルースの顔色が変わる。結果はすぐに出た。晴海の悪い予感は当たっていた。

『生ける屍の集団が、市街地へ向かっています！』

『しかもこの速度、普通じゃありませんわ！　異常な速さで走っていましてよ！』

　生ける屍は生物学的には死んでいるので、走り続けても息が苦しくなったりはしない。だから常に全力で走る事が出来る。しかもその速度は何故か、孝太郎達が戦った個体よりもずっと速い。彼らはその圧倒的なスピードで市街地へ向かっていた。彼らが何故工場の傍に避難した従業員達を無視して市街地へ向かっているのかは分からないし、そこを追求する暇もない。このまま放置すれば生ける屍は幾らもしないうちに市街地へ突入する。そうなれば生ける屍は連鎖的に増殖し、地獄のような状況になるのは明らかだった。

「里見君、すぐに何とかしないと!!」

晴海の顔もルース同様に真っ青になっていた。悪い予感は当たっていた。そしてこのままではより大きな悪い予感が当たってしまう。晴海は焦っていた。

「ルースさん、使える無人機は全部向こうへ回して下さい！」

『ですが、そちらの援護が手薄になります！』

「奴らが市街地へ入ったら大変な事になります！　急いで！」

『はいっ！』

フォルトーゼは空間歪曲技術を進歩させた事で、瞬間移動を実現している。それでも人体を瞬間移動させる場合は準備に時間を要する。準備を省略して瞬間移動させて大丈夫なのはやり直しがきくようなモノに限られ、この場合は同じモノが沢山ある無人戦闘機が該当する。孝太郎はそれを全て瞬間移動させて市街地へ向かう生ける屍を倒させようと考えたのだ。だがこれは危険な選択でもある。無人戦闘機はルースやクランが孝太郎達をバックアップするのに使っている。単純な戦力としてだけではなく、ハッキングの中継に利用したりと、様々な利用方法があるのだ。だから無人機を市街地へ向かわせるという事は、孝太郎達はそうした多くの支援を失うという事でもあった。

「くそっ、向こうの策に嵌ったのか⁉」

危険は覚悟の上での決断ではあるが、敵の思い通りに動かされているような気がして、孝太郎は苛立ちを隠せなかった。多くの人の命がかかっているから、そうなるのも仕方ないだろう。

「いや、流石にこれ程の策は不可能だろう。だが状況を上手くコントロールしている者が居るのは間違いないだろう」

この状況に至るには事故の発生が不可欠だ。だが工場での事故を前提とした策などありえない。かといって、生ける屍が自然と市街地へ向かったと考えるのも難しい。彼らは手当たり次第に人間を襲うので、工場の外へ避難した従業員が狙われて然るべきなのだ。だからキリハは上手くこの状況を操作している敵がいるという結論に至った。

「ラルグウィン達の誰かがって事だよな？」

「生ける屍の移動速度からして、グレバナスだろう。魔法で足を速くしたに違いない」

そしてキリハはこの場所で暗躍する人間は、グレバナスである可能性が高いと考えていた。生ける屍を魔法で強化し、同じく魔法で市街地へ誘導する。魔法使いであるグレバナスならこの状況を作り出す事も難しくはない筈だった。

「魔法は状況を利用するのに便利なツールじゃろう。悪党にはもってこいじゃ。気に入らん！」

ティアは不快そうに表情を歪める。真の王者たらんと願うティアだから、事故から利益を得ようという発想自体が気に喰わなかった。状況を利用するという点では、グレバナスとエルファリアは似ている。だがティアはそこには明確な違いがあると思っている。エルファリアは状況を利己的に利用したりはしない。決して自分の為ではないのだ。

「我も気に入らないが、背に腹は替えられない。今回は真似をさせて貰う」

状況は悪い。引っくり返すには思い切った手が必要だった。そこでキリハはグレバナスと同じように、この状況を利用するつもりだった。

「どうするつもりなんだ？」

「目的地を変更する。この拠点の司令室へ向かう」

孝太郎達は廃棄物のタンクへ向かっていた。素早く問題の根源を断つ為だ。だが無人機を全て市街地へ回した状況で、このまま進むのは危険だった。ただでさえ敵が多かったから。そこでキリハは目的地を司令室へ変えた。彼女の予想では、そこへ向かえば状況を好転させる手段がある筈だった。

生ける屍の一部が工場を抜け出して市街地へ向かったのは、キリハの予想通りグレバナスの仕業だった。魔法で強化した生ける屍を、幻術で誘導して市街地へ向かわせたのだ。狙いは二つ。一つは混乱を市街地まで広げて、ラルグウィン一派が安全に逃げ出せるようにする事。もう一つは孝太郎達に気付かせて注意を分散させる事。理想は戦力の分断なのだが、注意が分散するだけでも孝太郎達の対応が遅れるので十分だった。

『ふむ……やはり機械を送ったか。人命を優先するのは彼らの分かり易い弱点だな』

グレバナスは遠見の魔法で市街地へ向かう生ける屍を見守っていた。当初は生ける屍が移動しているだけだったのだが、しばらくするとその周辺に無人戦闘機が何機も現れ、彼らを追い始めていた。

『とりあえずはこれで良しとするか。この状況では上出来だろう』

孝太郎達から無人機を引き剥がした事は戦力の分断としては僅かなのだが、元々そこまでは求めていなかったので、グレバナスはこの結果に満足していた。後は混乱の拡大に乗じてこの場を去ればいい。ラルグウィン一派の兵士達も脱出し易くなるだろう。もちろんグレバナスが技術を持ち出すのもやり易くなっただろう。

『……おや？　青騎士達が何かを呼び寄せたか』

グレバナスはそろそろ工場から立ち去ろうと考えていたのだが、そこで孝太郎達が何か大きなものを呼び寄せた事に気が付いた。グレバナスが遠見の魔法で見ていたのは生ける屍の群れだけではなく、孝太郎達の事も見ていたのだ。

『放っておいても良いが……ふむ、念の為に手を打っておくとしよう』

グレバナスの見立てでは、放置しても問題はないように思われた。だが魔力と時間には余裕があったので、念の為に対策を講じる事にした。結果的に、その判断は正しかった。問題があるとすれば、それは孝太郎達が呼び寄せたものが、グレバナスの想像を超えたものであった事だった。

孝太郎達が司令室へ向かうと決めた直後、動き始めた者が居た。それはクランと一緒に『朧月』のブリッジに居たルースだった。彼女は勢いよくオペレーター席から飛び出すと、ブリッジの出口へ向かって走り始めた。

「後はよろしく頼みます、クラン殿下!」

「ええ、頑張って下さいまし!」

クランはそんな言葉をルースの背中に投げ掛けたが、この時にクランが思っていた事は言葉とは全く違うものだった。

――――まるでデートに出掛けるかのような足取りですわね………ふふ………。

ルースの足取りは弾むようだった。その表情も明るい。ルースも状況はよく分かっているのだが、湧き上がってくる喜びの感情を抑えられないでいた。

「ハンガーへ！」

『仰せのままに、マイレイディ』

ブリッジを出たルースはエレベーターに飛び乗ると、人工知能に艦載機が格納されている区画へ向かうよう指示した。やはりその声は弾んでいる。ルースはこの時をずっと待っていた。それは戦いを待つという事なので、自分でも不謹慎だとは思う。それでも遂にこの時が来たという事には、彼女にとって非常に大きな意味があった。

シュイーン

ルースは開き始めたドアに身体を押し込むようにしてエレベーターから飛び出した。そして再び人工知能へ命令する。

「ウォーロードを出して！　バックパックはイエローライン！」

『仰せのままに、マイレイディ』

邪魔にならないように格納庫の端に横にして格納されていた鋼鉄製の巨人が、ルースの前まで滑るように移動してくる。そしてルースの目の前で、格納の為に巨人を固定しているフレームごと引き起こされた。身長五メートルあまりの青い巨人が、ルースを見下ろしていた。

『バックパックを換装中』

「コックピットを開けて！」

巨人――ウォーロードⅢ改の正面装甲が展開され、操縦装置が露わになる。席は前後に二つ。ウォーロードⅢ改は新たに改造され、二人乗りになった。おかげでコックピットはかなり狭くなっており、成人男性二人で乗るのは厳しいだろう。片方が身体が小さい女性なら、ギリギリ乗れる狭さだった。

『バックパックの換装が終了。イエローラインを装備中』

「陸戦モードで起動開始！　省略出来るチェックは省略！」

『仰せのままに、マイレイディ。宇宙用装備と関連システムのチェック省略。起動まで十秒』

ルースの顔を色とりどりの光が照らしていく。彼女の席に用意されたモニターやインジケーターが光を放っているのだ。彼女の目はそこを流れていく情報を追っている。エラーはない。彼女はこの時に備えて準備を重ねてきた。エラーなど出る筈がなかった。

『ウォーロードⅢ改、陸戦モードで起動。プリセットは対機動兵器』

「クラン殿下、準備が出来ました！」

起動プロセスが完了すると同時に、格納用のフレームのロックが外れる。起動したウォーロードⅢ改は自らの足で地面を踏み締め、格納庫の出口へ向かう。そこにある射出装置を使って、工場へ向かうのだ。工場までは少し距離があるが、射出装置と機体のブースターを使えばあっという間だろう。

『行ってらっしゃい、パルドムシーハ。武運を願っておりますわ』

ウォーロードⅢ改の両足が射出装置に乗る。それを確認したクランは射出装置の安全装置を解除した。

「はい！　ウォーロードⅢ改イエローラインは、ルースカニア・ナイ・パルドムシーハで出撃します！」

この時、ルースの瞳は強く輝いていた。これまでの彼女は多くの場合、後方で戦ってきた。彼女の高い情報処理能力は後方からの支援で役に立つ能力だったから。だが彼女はその事がずっと気になっていた。ルースは騎士の名門、パルドムシーハ家の生まれだ。だから彼女は騎士を自認しており、孝太郎と肩を並べて戦う事をずっと願ってきた。愛してや

まない騎士団長を前に出して、自分だけが安全な場所に居る事が納得出来なかったのだ。ティアやネフィルフォラン、静香がそうしているように、孝太郎の隣で戦いたかった。そして万が一の時には運命を共にしたかった。これは彼女の才能と願望が一致しないせいで起こった悲劇と言えるだろう。

ゴォォォォッ

射出装置がウォーロードⅢ改を加速して『朧月』の外へ射出する。このウォーロードⅢ改が二人乗り――複座に改造された際、ついでに作戦に合わせてバックパックを交換して機能を変更出来るように改良された。そして今装備しているのはイエローライン、その名の通り黄色いラインが入ったデザインのバックパックだ。このバックパックは主に通信機能を強化し、情報収集と分析能力を高めてくれる。これはルースが同乗する場合の専用装備だった。

「おやかたさま！　ただいまルースが参ります！」

だがルースの認識は少し違う。ルースにとってこのイエローラインのバックパックは、ただの専用装備ではない。これまでずっと後方で眺めている事しか出来なかった彼女に、仲間達を、何より孝太郎を守る力を与えてくれる魔法の箱なのだった。

元々大量の鉱石や製品を乗せた大型の輸送車両が行ったり来たりしているので、工場の中は身長五メートルのウォーロードⅢ改でも窮屈な印象はなかった。どちらかといえば窮屈なのはコックピットの方だった。

『ベルトリオン、司令室の位置や道順は分かりまして？』

「ああ、分かる。でもこの機体で通れる道かどうかは分からない」

「おやかたさま、通れる道はこちらです」

ルースの声は孝太郎のすぐ近くから聞こえてきていた。実際、ルースの顔は孝太郎のすぐ近くにある。少し身を乗り出せば、丁度キスが出来るような距離だった。

「大丈夫そうだ。ありがとう、ルースさん」

「どういたしまして」

元々一人乗りであったウォーロードⅢ改を強引に複座に改造しているので、二人は殆ど身動きが取れない状態にある。だから孝太郎は、システムが孝太郎の思考を読み取る方式で操縦している。思考の読み取りによる操縦は宇宙戦艦の『青騎士』やＰＡＦでも使われている技術なので、孝太郎が戸惑うような事はない。むしろ孝太郎が心配なのは一緒に押し込められているルースが平気なのかという点だった。

「小型無人機を放出、周囲の警戒にあたります」

「身体が大きくて死角が多いので、その辺りをフォローして貰えると助かります」

「仰せのままに、マイロード！」

孝太郎には不思議だったのだが、この時のルースはとても元気だった。その表情や声は明るい。狭さは気にならないようだった。

「ルースってばちょーやる気だね」

早苗はウォーロードⅢ改の外からルースの様子を眺めていたのだが、分厚い装甲越しでもルースの前向きな気持ちは伝わっていた。

「ルースが待ちに待った状況じゃからのう」

ティアは早苗と同じようにウォーロードⅢ改を眺めていた。彼女の場合は早苗とは違ってルースの姿は見えていない。だがずっと共に過ごしてきた幼馴染だから、姿など見えなくてもその気持ちが分かるティアだった。

「どーゆーこと？」

「宇宙戦艦に乗った時等を除けば、ルースは基本的に後方から支援を行う。特に今は前衛の駒が足りておるからのう。じゃが今回の複座改造で、ルースは孝太郎と一緒に前へ出る事が出来るようになった」

「あー、そりゃーやる気になるよねー」

ずっと後方から見ているだけだったルースが、孝太郎と一緒に戦える。そして死ぬも生きるも一緒。もちろん彼女には孝太郎を死なせるつもりなどない。自分の力で孝太郎を無事に勝たせる。そうした彼女の願望と強い目的意識のおかげでルースは何時になくやる気に満ち溢れていたのだ。それは早苗にもよく分かる事だった。かつての『早苗さん』が長年抱えてきた悩みが解決した瞬間の気持ちに近いだろうと思うから。

「ずっと待つしかなかった気持ちは我にも分かる」

「そうですね。今回はルースさんの応援をしましょう」

キリハや晴海にもルースの気持ちはよく分かる。だから二人はようやく念願叶ったルースを祝福する気持ちが強い。もちろんそれは他の少女達も同じだった。ちなみに少女達は今、ウォーロードⅢ改の後方にいる。強固な装甲を持つウォーロードⅢ改を盾にして進んでいる状況だった。

「あっ、真希ちゃぁん、背中から何か出てきましたよぉ」

「小型の無人戦闘機みたいね。形が違うのは、ルースさん専用って事かしら」

そんな少女達の目の前でウォーロードⅢ改のバックパックが展開し、その中から幾つか小型の無人戦闘機が姿を現した。ウォーロードⅢ改は元々何体かモーターナイト――戦闘用の無人兵器――を運んで使用しているのだが、それとは形が違っている。ルース専用の無人機なので、戦闘以外の能力も必要だったのだ。おかげで単純な戦闘能力はモーターナイト程ではないが、情報収集能力や稼働時間では大幅に上回っていた。

キュンッ

「撃った!?　急に撃ったわ！」

無人機に何をさせるつもりだろうと見守っていた少女達だったが、無人機は突然レーザー砲を発射した。丁度その目の前にいた静香は驚いて仰け反った。

「ルースの奴め、コータローに敵を近付けないつもりじゃな。よっぽど不満を溜め込んでおったようじゃな……ふふふ」

ティアは苦笑する。幼馴染の考えはティアには筒抜けだった。ルースはあらゆる危険を孝太郎から遠ざけようとしている。今の発砲もそうで、感知範囲に入った生ける屍を瞬時に排除したのだ。ルースは敵が孝太郎に敵意を向ける事さえ許さない。ついに念願叶ったルースの防衛思想は非常に攻撃的だった。とはいえ、これは接近してきたのが生ける屍で、間違いなく敵であると分かっている事も大きいのだが。

キュンッ、キュキュキュン

　その後も生ける屍は何度か襲ってきた。ウォーロードⅢ改は歩くと大きな音が出るので引き寄せられてくるのだ。だがその度に無人機によるレーザー攻撃が行われ、生ける屍は近付いてくる前に排除された。おかげで孝太郎達の移動は順調だった。

「クラン、司令室に着いたらどうしたらいい？」

『何もしなくても良いですわ』

「あん？　じゃあ、何の為に向かってるんだ？」

「おやかたさまにはウォーロードⅢ改を司令室まで運んで頂きたいのです」

『それをハッキングの中継機にしたいんですわ』

　キリハの計画を実行に移すには、司令室をハッキングする必要があった。だが爆発と火災でネットワークが寸断された状態にあるので、手近なアクセスポートからの侵入が出来なかった。そこで司令室へ近付いて、ウォーロードⅢ改を接続する。そうしてウォーロードⅢ改を経由して、司令室をハッキングしようというのだった。

「そっか、いつもそういう事に使ってる無人機は全部向こうに行かせちまったもんな」

『有人型のウォーロードⅢ改は向こうへ飛ばす訳には参りませんから、自然とその役割をさせる事になりましたの』

　十分な準備なしに瞬間移動させる場合、使えるのは無人機に限られる。無人機なら多少失敗しても取り返しがつくからだ。だから最初から有人機のウォーロードⅢ改は瞬間移動させて使う訳にはいかなかった。だったら無人機を全部瞬間移動に回し、本来孝太郎達の支援で無人機が行う役割をウォーロードⅢ改が担当する、という形になったのだった。

「ちょっとでっかくて不便だが、頑丈で攻撃力が高いから、この状況で使うのに丁度いい訳だな」

「わたくしも戦いに貢献する機会を得ました」

「ルースさんはいつも貢献してるでしょう」

「いつもはもっと間接的です。騎士としては多少不満がありました」

「なるほど、武家の娘の矜持というやつですね」

身長五メートルのウォーロードⅢ改なので、その移動には広くて天井が高い通路が必要となる。幸い司令室までの通路はその条件を満たしている。そして敵を排除しながら進むにもウォーロードⅢ改の火力はありがたかった。

「ふふ、そんなところです。おっと、クラン殿下、そろそろ到着致します」

『物理アクセスポイントを探して接続して下さいまし』

「直ちに！」

『こっちも見えてきましたわ！　こちらはしばし貴女にお任せしますわ！』

「仰せのままに、マイプリンセス！」

司令室は目前まで迫っていた。この後ハッキングする訳なのだが、クランは他にもやる事がある。今の彼女はとても忙しかった。

クランが『朧月』から瞬間移動させた無人戦闘機は十機だった。それはかなりの戦力であり、手持ちの無人戦闘機の殆どを使い切った格好だ。だがそれでも生ける屍を追うには心許ない戦力だ。当初グレバナスが用意した魔法強化タイプの生ける屍は十体あまり。だが彼らが市街地へ向かう間にその数を増し、今や数十体を数えるまでになっている。強化された個体を誘導していた幻影に、通常の個体も引き寄せられたのだ。また進行ルート上にいた人間も彼らに襲われて感染、その数を増やしていた。なお悪い事に、感染は野生生物にも広がっている。一般的なネズミや野犬をはじめ、イコラーン固有の爬虫類型の獣なども生ける屍の集団に加わっていた。今はまだそれ程多くはないが、生ける屍の数は増え続けており、このままでは遠からず百体以上の集団となるだろう。それが市街地へ突入すれば目も当てられない。本当の最悪のケースはこの後に控えていた。

「そんな事は絶対にさせませんわ！」

　クランは生ける屍の集団が市街地へ突入するのを防がねばならなかった。だが十機の無人戦闘機で全てを倒せる保証はない。元々無人戦闘機は歩兵の支援の為のもので高い火力を誇るが、生ける屍を全て探し出して倒すには数が足りない。要するに十機の無人戦闘機は、生ける屍を全て捕らえる為の網としては、目が大きいのだ。網の目を擦り抜けられてしまう可能性が少なくなかったが、それでもやらねばならなかった。

「それにしても忌々しい！　また感染症ですのね！」

　クランは無人機が生ける屍の集団を追うように操作しながら、苛立ちを隠せずにいた。特に彼女を苛立たせていたのは、ラルグウィン一派が感染するものを利用している事だった。二千年前の世界では治療法のないウィルスの感染。今回は廃棄物による生ける屍の感染。しかもどちらにも恐らく、グレバナスが関わっている。クランは感染という人間の弱い部分を狙うやり方が気に入らないし、そもそもそれを実行するグレバナスの存在も気に入らない。そういうグレバナスのやり口は、かつての未熟な自分を思わせる事もあって、特に気に入らなかった。

　――後で本当に話を聞いて下さいまし、ベルトリオン………。

　しかし先程孝太郎にかけられた言葉がクランの心を守っていた。彼女は怒っていたが、それでも自分のやるべき事は忘れていない。彼女は自分の過去の事を一旦横に置いておいて、戦いに集中しようとしている。幸い、それは上手くいっていた。

「全機で追う訳にはいかない……何機か周辺の捜索に回さなくては……」

手持ちの無人機は十機。その全てを攻撃に使うと、発見し損ねた生ける屍がいると困った事になる。どうしても数機、未発見の生ける屍を発見する為に使用する必要がある。だがそうなると攻撃に使える数が減り、殲滅力が下がる。あまりに減らし過ぎて、倒し切れないのも困る。どこが適切な数であるのか、それを見極める必要があった。

「よし、行きなさい、お前達!」

クランは最終的に攻撃に七機、捜索に三機を割り当てた。既に発見している生ける屍を七機で攻撃しつつ、残りの三機で周辺を捜索する訳だ。この割り当てが正解である保証はない。ないのだが、悩み続ける暇もない。保証がなくてもやらねばならなかった。

「あぁあぁ、ちょこまかとぉっ!」

生ける屍は死体に負の霊力が取り付いて動いている。負の霊力は身体能力を引き上げ、並の人間よりもずっと速く走る。彼らは危険を感じて本能的に逃げたりもするので、クランが思った程攻撃が命中しなかった。

「当たってもなかなか倒れないし、もうっ!」

問題はまだあった。生ける屍は既に死んでいるので、幾つか効果が薄い武器があった。一番はレーザー砲だろう。生ける屍の胴体をレーザーで撃ち抜いても、彼らは平気な顔で走り続ける。光による攻撃なので衝撃はないし、既に死んでいるので身体に穴が空いても大した影響はない。頭を撃ち抜くか、脚を切断するような撃ち方が出来れば倒せるが、高速で走る彼らの身体の一部分を狙うのは難しい。そしてこれはクランには分からない事なのだが、魔法で強化されている個体は更にその傾向が強かった。逆に効果が大きいのは実弾を使う武器だった。実弾武器は同サイズのレーザー砲に比べると攻撃力は劣るが、銃弾は質量を持っていて、当たった部分に衝撃を与えるので動きを止める事が出来る。連続で当たればその効果も高まる。また生ける屍は大半が防具を身に着けていないので、攻撃力の大小はあまり問題にはならなかった。同じ理由から爆発を引き起こす武器も使い易いと言えるだろう。だが実弾武器は弾数に限りがあるという欠点もある。その欠点を補う為のレーザーでもあるのだ。弾が切れるまでに素早い敵をすべて排除できるのか、それもクランが心配している問題の一つだった。

「それに思ったよりも数が多い……これはまずいですわね……」

更に問題だったのは、捜索に割り当てた三機の無人機が、結構な頻度で新たな生ける屍を発見する事だった。倒した数と同じだけ新たに発見しているような状態で、あまり数が減っているようには感じない。クランは、このままでは数十体のまま市街地へ突入してしまうのではないか、という嫌な予感がし始めていた。

『クラン殿下、物理接続が完了しました！』

「待っていましたわっ！」

だがここでクランが待ち侘びていた報告がやってきた。上手くいけば事態は好転するかもしれない。その期待にクランの表情が輝いた。

「お願いしますわよ、上手くいって下さいまし！」

クランは祈るような気持ちでコンピューターを操作し、司令室のコンピューターのハッキングを始めた。後は時間との勝負だった。仮にハッキングに成功したとしても、状況を引っくり返すだけの時間が残っていなければアウトだ。市街地まである程度距離があるうちにハッキングが終わる事が絶対条件だった。

「神様……暁の女神様、どうか……」

クランは信心深い方ではない。彼女が得意とする科学は、信仰との相性が悪いのだ。だがそんな彼女も、自分を孝太郎に出逢わせてくれたのは女神の仕業だと信じている。そうでなければ説明出来ないような事が沢山あったし、何より今後、彼女が孝太郎以上に愛せる人間が現れるとは思えなかったから。だから彼女は女神に祈る。孝太郎との出逢いが運命なら、どうかこのまま無事に先へ続きますようにと。孝太郎には後で悩みを聞いて貰わねばならなかったから。

『アクセスを許可します。こちらはイコラーン第三製造拠点メインシステム。ようこそラルグウィン閣下。本システムは閣下の接続を歓迎致します』

「やっ、やりましたわ!!」

クランの顔が綻ぶ。彼女は見事に司令室のコンピューターのハッキングに成功した。司令室のコンピューターは接続してきたのはラルグウィンだと思っている。クランは拠点の全てを自由に操れる権限を手に入れていた。

「次はこれを!!」

だがそれで終わりではない。最上位の権限を手に入れた上でやりたい事があった。そして恐らく、これが最も女神に祈りたくなる部分だった。クランは必要な命令を打ち込んでいく。彼女の場合は口頭で命令するよりもキーボードで打ち込む方が速い。まるでピアノの奏者のようにその指が躍った。

「頼みますわよ、ラルグウィン!」

ピッ

最後に打ち込んだのは実行キー。するとクランが打ち込んだ命令が全てコンピューター上で実行されていく。クランが打ち込んだ命令は幾つもあったのだが、大まかにまとめると三つの目的に集約される。それは敵性勢力の再設定、通信ネットワークの再起動、そして防衛システムの再起動だった。

「わたくし達は貴方が慎重で有能な指揮官である事に賭けますわ！」

ハッキングの前の時点では、コンピューターのシステムにはフォルトーゼ皇国軍が敵として登録されていた。人工知能が情報を分析して皇国軍の兵士だと結論すると、敵が居ると報告されるようになっていたのだ。それを変更し、皇国軍ではなく生ける屍を敵として設定した。生ける屍は体温が低く本能的な行動を取るので、普通の人間と区別する事はフォルトーゼの先進的な人工知能にとって難しい事ではなかった。

続いてコンピューターは寸断された通信網を再起動させた。必要な場所ではバックアップ回線への切り替えや通信ルートの迂回が行われ、それでも繋がらない場所は無線通信で中継された。情報の漏洩や外部からのハッキングを避ける為に拠点内の通信は有線で行われていたが、元から無線通信機器自体は存在していたのだ。

最後に行われたのが拠点全体の防衛システムの再起動だった。事故の発生により切られていたのだが、この拠点には敵を自動的に迎撃する防衛システムがある筈だった。そしてその規模こそが、クランが言う賭けの要素だった。

「ベルトリオンッ、大量の自動兵器が動き出しましたわ！」

『でかした!!　それで町の方は⁉』

「賭けに勝ちましてよ！　キィが言う通り、ラルグウィンはきちんと伏兵を用意して下さっていましたわ！」

ラルグウィン達は孝太郎達を迎撃する為の戦力を用意している筈なので、その戦力を利用して生ける屍を殲滅する――それが孝太郎達の狙いだった。グレバナスが状況を利用して生ける屍を操り混乱を拡大させたように、孝太郎達も状況を利用して生ける屍を殲滅しようと考えたのだ。だがこれには一つ賭けの要素があった。この拠点に用意されている戦力がどのくらいなのか、そのうち利用可能な自動兵器はどの程度なのか、それらが配置されている場所は何処なのか、そういった事が分かっていなかったのだ。

キリハの予想では十分な戦力がある筈だった。ラルグウィン一派にとってこの場所は非常に重要な拠点であり、皇国軍による攻撃も想定されている筈だった。またラルグウィン一派は比較的生身の兵士の補充が難しいので、なるべく自動兵器を多く用意すると思われた。だが本当にそうなのかはフタを開けてみるまで分からない。ラルグウィンが思った程有能ではない場合や、有能であっても単純に防衛思想が違う場合もあるかもしれないのだ。

幸いな事に、孝太郎達はこの賭けに勝った。この拠点には多くの自動兵器が用意されていて、しかも市街地方面には孝太郎達の背後を取る為の伏兵が用意されていた。そしてキリハは通信機越しにクランからこの伏兵の存在を報告された時、冗談抜きでへたり込んでしまいそうなほどに安堵した。敵が有能であり、慎重な用兵をする事をここまで強く願ったのは、彼女にとって初めての経験だった。

自動兵器群を動くようにするまではクランの仕事だったが、その先は別の人間の仕事だった。それは物事を調整する才能を持つルースだった。彼女は司令室のコンピューターから吸い出した自動兵器のデータを一瞥すると、監視装置が収集した情報に合わせ、移動可能な自動兵器を再配置していく。もちろん市街地の方に用意されていた伏兵には、市街地へ向かう生ける屍を迎撃させている。自動兵器の本来の目的は工場へ向かう孝太郎達を背後から襲う事だったのだが、今やっている事はその逆だ。そして本来の目的の為に十分な兵力が用意されていた事で、クランが操る『朧月』の無人戦闘機と共に生ける屍の市街地への接近を阻んでいた。

『やっぱりね。ルースさんが前に出られるようになると、こういう事になるんじゃないかと思っていました』

というのはナナの弁だ。孝太郎達はネフィルフォラン隊に連絡し、ラルグウィン一派の自動兵器で生ける屍を攻撃するから、自動兵器には手を出さないように要請した。その結果を見た時にナナが漏らしたのがこの言葉だった。

『そのせいでわたくしは大変でしたわ』

『その節は大変申し訳ありませんでした、皇女殿下』

ナナはかつて訓練でルースと一緒になった時、複座になったウォーロードⅢ改でルースが前に出られるようになれば孝太郎は無敵になると言ってしまった。それで乗り気になったルースはクランにイエローラインのバックパックの製造を依頼。クランはそこから忙しい日々を送る事になった。だが確かにナナの考えは正しかった。実際ルースが操る無数の自動兵器が、素晴らしい早さで工場から生ける屍を排除しつつある。しかも同時に生存者の捜索を行い、発見した生存者を守り続けていた。

「………俺がここにいる意味が殆どないな」

孝太郎も思わず苦笑する程の戦果だった。ルース以外の誰にも、これだけの事をこの早さでやる事は出来ない。魔法を使ったとしても無理だろう。さながらルースは電子の魔法使い、といったところだろう。

「おやかたさま、そのような事は決してございません。こちらをご覧下さい」

だがそのルースをもってしても解決できない問題はある。それは交戦中に彼女が発見した、新たな問題だった。

「なんだこれ……トラ、か？」

「理由は不明ですが、この生ける屍はレーザーによる攻撃を受け付けません」

それは地球のトラを思わせるシルエットの獣だった。しかも体長は五メートル余り、体高は三メートル近い巨大な獣だ。体温や行動パターンからそれが生ける屍である事は分かるのだが、レーザーで砲撃しても何も起こらなかった。レーザーが無効化されたのか、それともそもそも命中していないのか、それすら分からない謎の存在だった。

『里見さぁん、それはフォルサリアの魔物ですぅ！』

『ブリンクビーストよ！　居場所を隠す幻術と短距離の瞬間移動を組み合わせて使う厄介な魔物よ！』

この獣の事は、ゆりかと真希が知っていた。フォルサリアの魔物には、大きく分けて二つの種類がある。それは天使や悪魔のように魔法で別の世界から召喚される魔物と、単に魔力の影響を受けて育ったフォルサリア生まれの動物だ。今回の場合は後者にあたる。魔力が豊富なフォルサリアで育った事で、この獣は本能的に魔力を操る。この獣の魔力の使い方は、静香がアルゥナイアの魔力を扱う時に近い。身体能力の強化とごく限られた種類の魔法を使うのだ。この獣が使う魔法は居場所を隠す魔法と瞬間移動。つまり見えている姿は実体ではないので、レーザーを当てても意味が無いのだ。総合するとこの獣——ブリンクビーストは、接近を防げない危険なハンターであると言えるだろう。

「これもグレバナスの仕業か！」

フォルサリアの魔物が理由もなくこんな場所にいる筈はない。当然それを連れてきた者がいる。現状ではそれは高確率でグレバナスという事になるだろう。グレバナスは何処からかこの魔物を呼び寄せ、廃棄物に接触させて生ける屍に変えた。それが何の為に行われたのかは明らかだろう。この場を更に混乱させ、ラルグウィン一派が撤退する時間を稼ぐ為だと思われた。

「ルースさん、こいつがいる場所は⁉」

「ここからだと廃棄物タンクの方向になります！　しかしその位置から、人間が多い方向へ移動しています！」

「一難去ってまた一難か！　すぐに追うぞ！」

人間が多い方向、それはつまり避難した工場の外に従業員達が集まっている地点という事だ。このまま放置すれば大変な被害が出る。そうでなくても工場内に取り残されている人間に被害が出るだろう。放っておくわけにはいかなかった。

『ベルトリオン、出来ればこっちにも人を回して下さいまし！　群れの中に何体か、無人機では手に負えない個体が紛れていますの！』

「ええい、やってくれるな、グレバナスッ！」

しかもグレバナスは、孝太郎達の戦力を分断するように生ける屍を操っている。孝太郎達は市街地へ向かっている生ける屍にも戦力を割かねばならなかった。

ゆりかは瞬間移動の魔法が使える。だから実は彼女だけなら、市街地へ向かう生ける屍を追う事は可能だった。瞬間移動は空間を捻じ曲げて移動する大魔法なので移動できる距離は十キロ程度に限られるが、市街地までは十キロもないので十分なのだ。だが瞬間移動した先で戦うのが生ける屍だと、ゆりかには相性が悪いので、これまではそうする事が出来なかった。ゆりかは身体能力が低く、逆に生ける屍は高い。また魔法はその性質上連戦には向かない。魔法は何でも出来る便利な力だが、それと引き換えに消耗が激しいのだ。だが伏兵の自動兵器が起動した今ならゆりかを送る事が出来る。自動兵器とクランの無人機がゆりかを守りながら戦う事が出来るからだった。

「クランさん、着きました！」

ゆりかはクランの指示に従って瞬間移動の魔法を発動し、生ける屍の群れの近くに降り立った。生ける屍の群れはクランが操る無人機や自動兵器と戦っていて、まだゆりかの姿には気付いていなかった。

『よく来て下さいましたわ、ユリカ！』

正直に言うと、クランはこの時ゆりかの瞬間移動に呆れていた。科学に長けたクランなので、瞬間移動というものがどれだけ大変なのかをよく理解している。それを生身の人間が何の助けも無しにやってしまう訳なので、呆れずにはいられないのだった。

「それで手に負えない敵っていうのは⁉」

『あれですわ！　今あそこでラルグウィンの自動兵器と戦っている！』

だがクランが呆れていたのは一瞬だ。彼女達にはやるべき事がある。生ける屍の群れには厄介な個体が紛れている。それを急いで倒さねばならなかった。

「……………多分あれ、魔法がかかってます！」

問題の敵を一瞥すると、ゆりかの表情が険しくなった。彼女の目には生ける屍の身体のそこかしこに輝く魔力が見えていた。

『やっぱりそうでしたのね！　ああいうのが何体か群れの中に交じっていますの！　力を貸して下さいまし、ユリカ！』

「はいっ！」

　クランが言う厄介な個体とは最初にグレバナスが魔法をかけた十体の生ける屍だった。やたらと動きが速いのでクランも疑っていたのだが、きちんと裏付けが取れたのはゆりかがやってきた後の事だった。クランも額の紋章を活性化させればゆりか同様に魔力を見る事は出来るのだが、無人機のカメラ越しでは不可能だったのだ。

「あれを先に倒せば良いんですね？」

『そうですわ！　わたくしの無人機やラルグウィンの自動兵器では動きが速くて捉えきれませんの！』

　生ける屍は基本的に、負の霊力の影響で運動能力が高い。しかも身体への負担など無視して行動している。いつ筋肉がねじ切れ骨が折れてもおかしくないような、無茶苦茶な速度で走っているのだ。それをグレバナスの魔法が強化した結果、人間の限界を大きく超えた速度と身のこなしを獲得していた。

「そんなに速いんですか？」

『シズカやサナエと戦うつもりでやって下さいまし！』

「分かりました！」

無人戦闘機や自動兵器の設計は基本的に対人戦が想定されており、二次的には高速で移動する航空機や車両との戦闘も想定されている。だがこの状態の生ける屍は流石に想定外だった。人間の大きさで時速百キロを超えた速度で走り、しかも突然向きを変えるような相手は、火器管制システムや使用する武器との相性が悪かった。もう少し能力やサイズに偏りがあれば、無人戦闘機や自動兵器だけで何とかなっただろう。魔法で強化された生ける屍は、現代兵器にとって盲点のような存在だ。つまり静香や早苗と同じタイプの敵であり、倒すには相手に合わせて戦う事が出来るゆりかの協力が不可欠だった。

「ロッテンスワンプ・モディファー・エリアエフェクト・コロッサル！」

そのゆりかの第一手は、地面を腐った沼に変える魔法だった。その効果は調整されており、生み出された沼はあまり深くない代わりに非常に広かった。

『なるほど！　これならこっちの武器で戦えますわ！』

圧倒的な速度と素早い身のこなしは、結局のところ足が生み出しているものだ。ではその足の下にある地面が、腐った沼に変わればどうなるのか。沼はドロドロとしたペースト状の液体なので、足は下ろす時も上げる時も大きな抵抗を受ける。その状態では生ける屍の速度は落ち、身のこなしも悪くなるので、クランが操る兵器の攻撃が当たるようになる。

また単純に生ける屍の市街地への到着も遅らせる事が出来る。しかもクランが操っている兵器は殆どが浮遊して移動するので、沼の影響を受けない。敵だけが対象となる、非常に賢い魔法の使い方だと言えるだろう。

『貴女は本当に魔法を効果的に使いますわね！　いつも驚かされますわ！』

　クランが操る兵器は次々と生ける屍を倒していく。その中には問題の魔法がかかった個体も交じっている。腐った沼の中では、その自慢の脚力は全くの無力。足を取られて動きが鈍ったところを、やはりレーザーやマシンガンで倒されていった。

「でも子供達にはぁ、絶対に見せられませぇん……」

　この時、ゆりかは麻痺性の毒ガスの雲を作って生ける屍達をまとめて倒していた。生ける屍は実際に身体を動かして行動しているので、筋肉を痙攣させるガスを使えば容易く倒す事が出来るのだ。また効果の範囲が広いので、ガス雲を適当に動かすだけでどんどん敵が倒れていく。もちろんガスはクランの兵器には効かないので、クランの足を引っ張る事もない。それに今は工場内とは違って生存者を気にする必要がないのも大きかった。そうやってクランと同じく大きな戦果を出していたゆりかだが、何故か彼女は泣いていた。それは表情が明るくなったクランとは対照的だった。

『確かに、絵面は最悪ですわね……圧倒的に勝っては、いるんですけれども……』

「違いますぅ、こういうのは魔法少女の勝ち方じゃないんですぅ！」

『……ドゥアアアァ、アァ……ウゲェァヴァアアァァァ……』

腐った沼に半ば嵌り込むようにして、ビクビクと身体を痙攣させている生ける屍達。しかも筋肉の痙攣のせいで肺から空気が押し出され、奇妙な呻き声を上げていた。クランが言うとおり絵面は最悪、はっきり言って地獄絵図だった。どう見ても沢山の罪もない人々が毒の沼に落とされ、もがき苦しんでいるようにしか見えないのだ。

『ネ、ネフィルフォラン隊の皆さんは、きっと褒めて下さると思いますわ！』

「子供達は絶対泣いて逃げますぅ！」

心優しいゆりかは生ける屍をなるべく傷付けないように、この攻撃方法を選んだ。しかし実際の効果や崇高な目的とは裏腹に、その見た目は醜悪極まりないものとなった。この光景を子供達が見たなら、きっとゆりかを邪悪な魔法使いだと思うに違いなかった。

ネフィルフォラン隊は孝太郎達に先んじて、ブリンクビーストと交戦する事となった。孝太郎達からブリンクビーストの情報は届いていたので、当初は交戦を避けた。だがブリンクビーストの進行方向に要救助者が居た為に、手を出さざるを得なくなったのだ。

「レーザーが当たらないぞ！　通り抜けて後ろの瓦礫に当たってる！」

「情報通りだ！　あの場所に見えてるのは立体映像の類いだ！」

「それでも近くには居る筈だ！　弾幕を張って近付けるな！」

　キュンッ、キュキュンッ

　七人の兵士が一斉にレーザーを連射する。だがそのレーザーはブリンクビーストを狙って撃ってはいない。見えているブリンクビーストは虚像に過ぎない。その周辺の広い範囲にレーザーを撒き散らす事で、ブリンクビーストの接近を阻もうというのだ。その間に残りの三人の兵士が要救助者を瓦礫の下から引っ張り出そうとしていた。

　リンッ、リンリンッ

「来るぞっ！　総員歪曲場の出力最大！」

　バキィッ

「うわああぁぁぁぁあっ!!」

　小さな鈴の音が聞こえた直後、レーザーを撃っていた隊員の一人が撥ね飛ばされた。それはまるで交通事故で自動車にひかれたかのようだった。一気に接近してきたブリンクビーストがその強靭な前足で薙ぎ払ったのだ。だがブリンクビーストの姿はまだ十メートルほど先にある。虚像をそこに残した状態で、姿を消して攻撃してきているのだ。

「ガランザ、無事か⁉」

「なっ、なんとかっ！　でも歪曲場のエネルギーは殆ど持ってかれました！　再チャージに三十秒！」

幸い弾き飛ばされた隊員は無事で、すぐに起き上がった。攻撃が来る事が分かっていたので、空間歪曲場での防御が間に合ったのだ。

「ガランザ、歪曲場の再チャージが済むまでは隊列の内側へ！」

「はい！」

『グルゥウウウウウッ!!』

隊員が起き上がったのを見てブリンクビーストは一旦距離を取った。生ける屍は論理的な思考は持たないが、本能的な行動は取れる。倒した手応えがあったのに起き上がったのを見て本能的に危険を感じたのだ。

リン

ブリンクビーストの見えない本体と見えている虚像が後方へ飛び退くと、それまで鳴っていた鈴が鳴りやんだ。

「虚像だけじゃなく、本体も距離を取ったか」

「分隊長、訓練の成果が出ましたね」

「ユリカ教官にあれだけやられたんだから、多少の成果がなくちゃ困る」

リンッ

分隊長は腰に吊るした鈴を軽く叩いた。実はこの鈴はただの飾りではない。複合センサーを内蔵した警報器なのだ。少し前に対魔法戦闘の訓練をした時、皇国軍はいかにして魔法を使う敵の先制攻撃を防ぐかという課題に直面した。魔法使いは姿や音を消して接近してくる。フォルトーゼにも熱光学迷彩はあるが、それはあくまで色や熱を制御して周囲のものと見分け難くする技術だ。魔法の場合はそうではなく、本当に光や音が消えてしまう為、フォルトーゼの先進的な技術であっても発見するのは困難だった。その問題に対して、フォルトーゼの技術者はある一つの対策を考え出した。常時周囲の背景音や背景電磁波を分析していれば、両者を無効化する空白地帯が移動した場合、それらに微かな乱れが生じる。その乱れを感知すればいいのだ。そんな考えを基に作られたのがこの鈴だった。だがほんの僅かな変化を感知する必要があるので、有効距離は短く、近距離での戦いでしか効果はない。それでも奇襲を防げるようになったのは大きな進歩だった。

「だが問題はここからか……次も同じように防げるかどうか……」

奇襲を防げた事は、考え方と技術が合っていた事を証明した。だが二度目以降も防げるとは限らない。敵が別の攻撃手段を使うかもしれないのだ。

「メルディア、そっちはどうだ⁉」

「一分下さい！　もう少しです！」

「一分か……」

瓦礫の下から要救助者を引っ張り出すまであと一分。姿が見えない敵を相手に、それまでの時間をどう稼ぐのか。分隊長は難しい問題に挑まねばならなかった。

「レーザーを撃ち続けろ！　弾幕が有効なのは間違いない！」

「了解！」

効果的な対策は見付かっていないが、弾幕を張る形の防御は間違いではない。七人の兵士達は距離を取ったブリンクビーストに再びレーザーライフルを撃ち始めた。

リンリンリンッ

「来たぞ！」

再び鈴が鳴り始める。その鳴り方の激しさからして、一気に距離を詰めてきている。だがブリンクビーストの幻影は動いていない。誰もがそれが虚像だと分かってはいるのだが、どうしてもそこにいるように感じてしまう。視覚に頼っている人間にとって、これは本当に危険な能力だった。

「おかしい、この弾幕の中どうやって接近してきているんだっ!?　それとも効いていないのか!?」

姿は見えていないが、鈴が鳴っているという事は近いという事。だがレーザーの弾幕は続いている。身体が五メートルはある巨大な獣が全てを回避して近付いてきていると考えるのは流石に無理があった。実は当たっているか、それとも見当違いの場所を撃っているか、どちらかではある筈だった。

ガランッ

そんな時だった。天井の一部が剥がれ、兵士達の近くに落ちた。多くの兵士がそれを爆発と火事のせいだと考えたが、一人だけそう考えなかった者がいた。

「分隊長ッ、上ですっ！」

「そうか、壁と天井を蹴って――――うわあぁぁぁっ!!」

だが兵士の警告は間に合わなかった。ブリンクビーストはレーザーを避ける為に床だけでなく机や椅子、壁や天井を使って立体的に移動してきていたのだ。そしてブリンクビーストは兵士達の頭上から攻撃を仕掛けた。狙いはもちろん分隊長。群れのボスを狙うのは野生の戦いの鉄則のようなものだ。ブリンクビーストの巨大な爪が分隊長に叩き付けられる。分隊長も歪曲場での防御はしていたが、ブリンクビーストの一撃はジャンプと落下の勢いの分だけ、先程のそれよりもずっと強い。歪曲場は力を吸収しきれずに限界を超え、爪はそのまま分隊長に命中した。

「分隊長‼」

それを目の前で目撃した兵士が悲鳴を上げる。幸い分隊長は死んではいなかった。大半の運動エネルギーを空間歪曲場が防いでいたのだ。だが出血は多い。死んでしまってもおかしくないほどの重傷だった。

「何をしている！　撃て！　今なら狙える！」

「は、はいっ！」

しかしその出血が役に立った。相変わらずブリンクビーストの姿は見えていないが、足跡が見えている。前足に付いた分隊長の血によるものだった。だから足跡の少し前を狙えばブリンクビーストに当たるという訳だった。

「それと俺の事も撃て」

「分隊長⁉　しかし……」

「俺もすぐに連中の仲間になる。俺はお前達を襲いたくない！」

防御用の空間歪曲場が健在であれば、廃棄物の感染は防げる。だが歪曲場が破られ爪が直撃した以上は、感染してしまった可能性が極めて高い。遠からず分隊長は仲間に襲いかかるだろう。それだけは避けなければならないので、分隊長は自分を撃てと命じた。この分隊長の判断は正しい。正しいのだが、部下達が簡単に聞き入れる事が出来る命令ではなかった。

「撃てません！　感染したとは限らないじゃないですか！」

「迷わず撃て！　間に合わなくなるぞ！」

「ダイジョブ、間に合ったよ、あたしが」

ドムッ

次の瞬間、兵士達の視界が奪われる。突然白い煙が大量に発生し、あっという間に周りの風景を覆い隠してしまったのだ。

――スモークグレネード!?　一体誰が!?

それは彼らには見慣れた煙であり、フォルトーゼで正式採用されている煙幕手榴弾によるものだった。その事に分隊長が思い至った時、その白い煙の向こう側から一人の少女が姿を現した。その少女は火災現場に現れるにはあまりに場違いな姿で、まるでショッピングにでも来たかのような可愛らしい普段着だった。しかも彼女の頭の両脇には、古代の神像と思しき土器の人形が付き従っている。分隊長が困惑するのも当然の状況だった。

「あんた達、このおじさんを撃たなくて正解だよ。今ならまだ何とかなるから」

『なるホー！』

『おいら達の出番だホー！』

「君は一体……？」

「いいからいいから♪」

問題の少女は軽い足取りで分隊長に近付くと、その傷口に掌を向けた。二体の人形はそんな彼女の周りをクルクルと回りながら踊っている。すると分隊長の傷の出血が止まり、痛みが急激に弱くなった。同時にどす黒く変色し始めていた傷口の周辺も、本来の肌の色へと戻っていく。身体に感じていた熱や嘔吐感といった違和感も、大分薄れた。分隊長はそこでようやく気付いた。目の前の少女に見覚えがある事に。

「はいっ、もう大丈夫だよおじさん」

「そうか、君は青騎士閣下の騎士団の……」

「そう、紫の騎士、早苗ちゃんです！　ぶい！」

『正義の炎騎士、カラマ見参！』

『猫騎士コラマ、颯爽登場だホ！』

早苗の霊能力を埴輪達が増幅し、分隊長を汚染しつつあった負の霊力を打ち消した。ついでに余力で傷の手当ても行った。最初の煙幕はその時間を稼ぐ為のもの。だがもちろん

煙幕を必要としたのは早苗だけではない。煙幕が晴れた時、そこには身長五メートルの鋼鉄の巨人と、七人の少女の姿があった。

「青騎士閣下！　おいで下さいましたか！」

『無事で何よりだ、分隊長。良く持ちこたえてくれた』

「勿体ないお言葉です」

「ルースさん、怪我人は助け出したわ」

『了解しました！』

煙幕を張った理由は、治療の時に無防備になる早苗を守る為と、要救助者を助け出す邪魔をされない為だった。また同時に孝太郎達がブリンクビーストの奇襲を避けつつ移動する為のものでもあった。

『ネフィルフォラン隊の皆さんは要救助者と分隊長を連れて後退して下さい！　この場はわたくし達が引き継ぎます！』

「分かりました、後はよろしくお願いします！」

ネフィルフォラン隊は敵の危険性をよく分かっている。助け出した要救助者と分隊長を守りながら、孝太郎達と一緒にこの場で戦うのは得策ではない。むしろ後退した方が、孝太郎達が戦い易くなる。もちろん気持ちとしては一緒に戦いたかったのだが、彼らはそれをグッとこらえて足早に後退していった。

ブリンクビーストは突然の白煙と、そこから現れた孝太郎達を警戒していた。彼が特に警戒していたのはやはり、ほぼ自分と同じ大きさの鋼鉄の巨人――ウォーロードⅢ改だった。論理的な思考を持たず本能が命じるままに行動するのが生ける屍の特徴だが、それでも本能的に警戒せざるを得ない相手だった。

「さて、ここからが本番だな……」

対する孝太郎も警戒していた。ブリンクビーストは幻影と瞬間移動を操る。しかも身体はウォーロードⅢ改と同じようなサイズなので、同じくらいのパワーがあってもおかしくはない。油断すると一撃でやられてしまう事もあり得る。警戒は必要だった。

「藍華さん、桜庭先輩、あいつの魔法を何とか出来ませんか？」

『試しに幾つか探知系の魔法を試してみたんですが、芳しくありません。どうやら魔力や霊力も隠蔽しているみたいです』

野生の獣、とりわけ肉食獣は気配を隠す事に長けている。しかもブリンクビーストは魔法も体得している。この場合、気配を消し、魔力を隠す事は、肉食獣型の魔物の最重要能力という事になるだろう。おかげで魔法のエキスパートである真希にもその真の居場所は探知出来なくなっていた。

『里見君、剣の攻撃範囲を広げるわ。この状況では広い範囲を攻撃して対応するしかないと思います』

「それしかないか……」

それが晴海と孝太郎の結論だった。ウォーロードⅢ改の剣には、晴海がシグナルティンの魔力を宿らせていた。おかげで孝太郎はウォーロードⅢ改を操っている時にも普段通りの戦い方が出来る。晴海はその魔力を操って、剣でより広い範囲を攻撃できるように調整するつもりでいた。見えない相手と戦うなら、細い剣よりも太い剣、短い剣よりも長い剣、である方が当て易いのは明らかだった。

「おやかたさま、それには及びません。敵の位置なら分かります」

だがここでルースが思わぬ一言を口にする。酷く驚いた孝太郎は、半分裏返った声で訊き返していた。

「ええっ⁉　どういう事ですかっ⁉」

「こちらをご覧下さい」

ルースは落ち着いた声でコンピューターを操作する。すると機体の前方を映しているメインカメラの映像に、四足歩行の獣の姿が投影(とうえい)された。それはルースが用意したＣＧモデルで、ブリンクビーストの現在位置と姿勢を表していた。

「一体どうやってこんな事を⁉」

「先程の煙幕がヒントになりました。敵は確かにあらゆる気配を消しています。ですが敵の周りの空気の流れまでは消せていません。動けば当然空気が動きます。それをイエローラインのセンサーが感知しているのです」

　ルースは煙幕が風に乗って拡散していく時、煙が物体の周りを迂回していくのを見た。ルースはそれがブリンクビーストの周りでも起こっていると考えた。そしてイエローラインには十分にそれを感知する事が出来る精度のセンサーが搭載されていた。

「加えて床面(ゆかめん)の振動(しんどう)もレーザー計測して補助的に利用しています。敵がウォーロードⅢ改の目から逃(のが)れるのは不可能です」

　空気の動きを感知する場合、正確さやタイムラグの問題がついて回る。それを補完する為にルースは床の振動も利用していた。空気の移動よりも床の振動の方が正確だし伝わるのも速いのだ。ルースはそうした複数の情報をまとめてＣＧモデルを作り出している。おかげで完全な意味でのリアルタイム情報ではないものの、ほぼその位置にいると考えて差し支えないレベルだった。

『これはルースだからこそ気付いた事であり、同時にルースだからこそ出来る事でもある。複座にした効果が覿面に現れているようだな』

キリハも流石にこれには驚いたようで、苦笑気味に肩を竦めていた。ルースが空気の動きに気付いたのは、孝太郎と一緒に最前線に出てきていたからだ。後方にいた場合には、この情報を見逃していただろう。あるいは気付いていても必要なセンサーが現場になかったかもしれない。更に言えばルース以外には、これほどまでに的確に情報を組み合わせてCGモデルを作れなかっただろう。どちらにしろルースとイエローラインが共にこの場所にあるから出来た事だった。

「……よくやった、副団長」

孝太郎は唖然とするばかりだったのだが、それによって助けられたのは確かだ。孝太郎は素直にルースに礼を言うと、ウォーロードⅢ改に剣を抜かせる。ここまでのお膳立てがあれば小細工は要らない。剣はシグナルティンの魔力を受け、普段通りに輝いていた。

「光栄です、おやかたさま」

孝太郎の騎士団長としての賞賛の言葉は、ルースにとってこの上ない喜びだった。それは尊敬してやまない伝説の騎士からの言葉であり、同時に愛してやまない一人の男の子からの言葉でもある。騎士でも女の子でもあるルースだから、その言葉には普通に礼を言われる以上の大きな価値があった。

――おやかたさまはわたくしが守る。どんな敵からも、どんな危険からも！　そして勝たせる！　わたくしのおやかたさまを！

ルースの瞳には強い決意が輝いている。これまでは才能と願望が噛み合わず、孝太郎の傍で戦う事が出来なかった。だがこれからは違う。自分の力で守り、勝たせる。ルースはかつてないほどにやる気に満ち溢れていた。

「では参るぞ、皆の者！」

最初に攻撃を始めたのは、やはりせっかちなティアだった。情報はティアにも共有されている。情報共有の機能もイエローラインによって強化されているのだ。コンバットドレスのシステムがブリンクビーストのＣＧモデルを視界に投影してくれているので、ティアはいつも通りの戦い方をする事が出来た。

ドドドドドドドドッ

この時のコンバットドレスの武装は、多くの状況に対応できるように、指揮官用のコマンドグリーンが選ばれている。その主武装であるアサルトライフルが大量の銃弾を吐き出していく。ティアの狙いは正確で、暴れる銃口を上手く抑え込み、発射された銃弾はその殆どがブリンクビーストのＣＧが表示されている位置へ吸い込まれていった。

『ギャオオオオッ⁉』

　これはブリンクビーストにとって初めての経験だった。これまで幻影と透明化を使っている彼に攻撃を当てられる者など存在しなかった。もちろん生ける屍になっていたから、彼は何も感じない。だが仮にまだ普通に生きていたとしたら、酷く驚いたに違いないだろう。

『ルゥアアアァァァァァッ‼』

　この時ティアが発射した一連の銃弾のうち、後半の数発がＣＧを通り抜け、その背後にある壁に命中した。前半はＣＧに辿り着いたところで透明化の影響を受けて消えていたので、これは奇妙な出来事だった。しかもその直後にＣＧ自体が消滅してしまう。

『なんじゃっ⁉　消えたぞ⁉』

『ブリンクです！　短距離の瞬間移動能力！』

　困惑するティアだったが、すぐに魔法のエキスパートの真希が状況を教えてくれた。それは幻影と透明化に続く、ブリンクビーストの第三の能力。ごく短い距離の瞬間移動だった。この三つの能力を組み合わせて使う事で瞬きする間に次々と移動しているように見える事から、この獣はブリンクビーストという名を持っているのだった。

『予想外に命中した銃弾から逃れようと反射的にその力を使ったのだろうが……間違いだぞ』

『たあぁぁぁぁぁぁぁっ！』

ブリンクビーストが別の位置に出現した直後、待っていたと言わんばかりにその位置へ静香の拳が叩き込まれた。瞬間移動はその性質上どうしても移動直後に一度方向を見失うので、行動を再開するまで一瞬の遅れがある。だからブリンクビーストには静香のその一撃が避けられなかった。

バキィンッ

『グガアァァァァァァァッ⁉』

『せいっ、やあっ！　たあっ！』

静香の拳が次々と打ち込まれていく。巨竜の力を宿しているので、拳の威力は大砲並みだ。しかもその狙いは非常に正確で、関節や顎といった、獣にも通用する急所に順番に打ち込まれていった。彼女には獣の正確な位置が分かっているのだ。これはブリンクビーストが瞬間移動を使ったせいだった。アルゥナイアは重力を操る事が出来るので、副次的に重力――空間の歪みを見る力を持っている。そしてブリンクビーストは空間を歪めて瞬間移動したから、静香にはその姿が見えていたのだ。とはいえ見えていたのは僅かな時間だった。歪んだ空間はすぐに元に戻ってしまうからだ。それでも連撃を一通り叩き込むには十分な時間だった。静香はブリンクビーストが見えなくなる前に八回の拳と二回の蹴りを叩き込み、その巨体を叩き伏せた。

『この獣は本能的に魔法を使うようだが、結局は魔法なのだ。だから空気の流れや床面の振動など、獣が認識していない事には魔力が働いていない。瞬間移動の時も同じで、重力波の存在を知らないから隠せない。これは科学技術への理解の差が生み出した結果だ。もしこの獣がクラン殿と同じくらい科学を理解していれば、何をしても探知出来なかったかもしれんな』

キリハはブリンクビーストの能力とその限界を解明しつつあった。この獣が持つ魔法は生まれつきの能力ではあるが、結局は魔法である事が災いして幾つかの痕跡を隠せていない。魔法が現実を思った通りに改変するものである以上、世界に対する認識がそのまま効果に反映されてしまうのだ。簡単に言えば、知らないものは隠せない、という事になるだろう。そういう弱点を、ルースや静香に突かれてしまった、という訳だった。

「おやかたさま、敵が逃げます！」

「危険を感じて逃げ出したか⁉」

『違う孝太郎！　あの黒いドロドロに呼ばれたんだよ！　それもあいつだけじゃない！

ここにいるゾンビが全員呼ばれてる！』

「なんだって!?」

だが敵もやられるばかりではない。予期せぬ攻撃を受け続けた事で、ブリンクビーストは孝太郎達に対して恐怖を感じた。そしてその恐怖は生ける屍を生み出し続ける廃棄物にも伝わっていた。その恐怖を消す為に必要だったのが力の結集。増え続けた生ける屍を呼び集め、負の霊力を回収して戦おうというのだった。

当初は廃棄物にも明確な思考は存在していなかった。だが今はそうではない。この場所で多くの人間を吸収し続けた事で思考力を獲得した。その思考力がブリンクビーストの恐怖に反応した。このままでは順番に倒されてしまうと判断した廃棄物は、負の霊力を介して生ける屍に戻ってくるよう命じた。もちろんクランのハッキングによって工場の自動兵器が生ける屍を攻撃するので、実際に戻ってくる事が出来た個体は少ない。だが彼らの本質は負の霊力だ。身体が破壊された個体も負の霊力だけは戻ってきている。こうして廃棄物は負の霊力を獲得した訳だが、その総量は元々持っていた負の霊力を大きく上回っていた。これは感染によって増殖した為で、その増えた力を使って孝太郎達を倒そうというのだった。

「ただ仲間を増やす為に増殖していた訳じゃなかったって事か!?」

『そう！　この工場は、黒いのの力を増やす為の牧場みたいなものだったんだよ！』

　これは早苗も今になって気付いた事なのだが、この工場で生ける屍が増えていたのは、本体である廃棄物の負の霊力を増やす為でもあったのだ。牧場で牛を増やすように、生ける屍を工場に放って数を増やす。そして十分に増えたところで呼び戻して負の霊力を回収する。つまり今、牧場で言えば牛を出荷する時期がやってきたという事なのだった。

「これもグレバナスの狙いか？」

『それは考えにくい。グレバナスには工場を爆破する理由が無い。爆発はあくまで事故、そしてグレバナスと廃棄物は、互いの存在を利用し合ったのだろう』

　キリハは流石のグレバナスもここまでの事は考えていないだろうと思っていた。やはり孝太郎達を迎撃する為に事故を起こしたとは考え難い。仮に孝太郎達を倒しても工場が破壊されていては意味が無いからだ。それに自動兵器を始めとする、孝太郎達と戦う準備も無駄になる。だからこれがグレバナスの作戦だと考える事には無理があった。グレバナスが自ら同じような事を引き起こすとしたら、自分達の工場ではなく市街地の真ん中に廃棄物を解き放つ方がずっと良い。だからグレバナスはあくまで起こった事故を最大限利用しただけである筈。そして廃棄物にとっても、グレバナスは魔法をかけてくれたり魔物を提供したりしてくれたりして、利用価値があった。互いが意図せずに利用し合ったのだろう――それがキリハの見立てだった。

「だとしたらグレバナスはもう……」

『逃げたじゃろうな。廃棄物がどれだけ強いのかは我らが戦ってみるまでは分からぬ。ならばグレバナスが廃棄物の強さに期待して共闘するとは思えん。手を尽くして混乱させた後は部下と必要な物を持って逃げるじゃろう。ヤツの目的がマクスファーンの復活である以上は、オッズの分からぬ賭けなど絶対にせぬ！』

ティアは孝太郎の言葉半ばで頷いた。彼女も自分がグレバナスであればそうしただろうと考えていた。事故である以上、グレバナスはリスクや被害の最小化を目的に行動する。だから廃棄物がどれだけの力を持つか分からない状況では、一緒に孝太郎達と戦う事はリスクが高く、避けねばならない選択肢となる。そうなると仲間達を逃がし、持てるだけの物を掻き集めて撤退するしかなかった。

『でも、魔法おじじは逃げなくて良かったかもしんないよ』

「どうした早苗？」

『……アレはちょっと……まずいかも……』

だが実際に姿を現した廃棄物を見た時、早苗はティアやキリハとは反対に、グレバナスは残った方が良かったのではないかと思った。霊力のエキスパートである彼女には一目で分かった。今の廃棄物の強さが並大抵ではないという事が。それはいつも陽気な彼女が、大真面目な顔で冷や汗を流す程だった。

工場中に散っていた負の霊力を回収した廃棄物は、自分の存在を再構成した。どろどろとした黒い水溜まりの姿よりも、戦いに適した姿になる必要があったからだ。そこで選んだのがブリンクビーストだった。これまで廃棄物が手に入れた生ける屍の中で、ブリンクビーストが一番強かった。工場に設置されていたラルグウィンの自動兵器に倒されずに、逆に仕留め続けたのはブリンクビーストだけだったのだ。それに移動が速く、防御力もある。そこで廃棄物はブリンクビーストを存在の中核とし、そこに手に入れた負の霊力を全て集中させた。これはブリンクビーストに乗り移ったという表現が一番近いかもしれない。こうしてブリンクビーストと廃棄物は一つとなり、意思を持った不死者として生まれ変わったのだった。

『早苗ちゃんバーニングファイアーウルトラメガハリケーン！』

巨大な霊力の渦がブリンクビーストを捕らえる。渦からは炎も風も出ていないが、数メートルの巨体を誇る獣はすっぽりとその内側に閉じ込められた。『早苗ちゃん』が全力で放った大技なので、獣の腕力をもってしても脱出は出来なかった。

『この剣を使って下さい、「お姉ちゃん」っ！』

『心得た！　さぐらてぃぃぃぃん、ちゃぁぁぁじあぁぁぁぁぁっぷ！』

そこへ『早苗さん』からサグラティンを受け取った『お姉ちゃん』が斬りかかる。サグラティンは『お姉ちゃん』の霊力を溜め込んで紫色の光を放っていた。それは孝太郎のシグナルティンに勝るとも劣らない、強い輝きだった。

『受けてみよっ、あたし達早苗ちゃんズの合体攻撃をっ‼』

『紫電一閃‼　天覇雷轟ざぁぁぁぁぁぁぁぁぁぁんんんっ‼』

この斬撃も電気は帯びていないのだが、『お姉ちゃん』の霊力を限界まで蓄えた事で稲妻に匹敵するだけの威力はあった。その一撃は唸りをあげてブリンクビーストに襲いかかる。ブリンクビーストは渦に閉じ込められて身動きが取れないにもかかわらず、剣の切っ先は渦を通り抜けた。この早苗達三人による合体攻撃の優れた特徴は、渦が剣を素通りさせる事にある。これは三人の霊力が全くの同質であるおかげだ。結果、敵は止まるのに剣は止まらないという、理不尽極まりない合体攻撃が完成した訳だった。

『グルルウウゥゥウゥウ、アアアアァァアァァァァァッ!!』

バキィイン
だがその強力な一撃はブリンクビーストによって受け止められた。剣は爪が受け止め、込められた霊力は負の霊力が受け止める。腕力と霊力はどちらもブリンクビーストが上回っているので、どちらかと言うと『お姉ちゃん』は弾き返されたような格好だった。

『やっぱりか!』

体勢を立て直しながら後方へ飛んでいく『お姉ちゃん』の姿を見た『早苗ちゃん』は、いつになく厳しい表情をしていた。そしてすぐに腕輪をぺしぺしと叩いて孝太郎に通信を繋いだ。

『孝太郎!』

「どうした?」

『あいつやっぱりちゃんと考えて戦ってる！　さっきまでとは頭もパワーも全然違うから気を付けて！』

この時『早苗ちゃん』が厳しい表情をしていたのは『お姉ちゃん』が弾き返されたから

ではなかった。合体攻撃への対処が適切だったので、ブリンクビーストに思考能力がある事が分かったからなのだ。もしこれまで通り本能的に反撃するのであれば、渦に呑まれた段階で渦を掻き消そうと爪を振るっただろう。そしてその直後の剣に対処できずに斬られたに違いない。だが獣はそうせずに、きちんと剣の方を受け止めている。つまり渦が拘束の為のものである事を理解しており、対処すべきは剣の方であると分かっていた、という事になる。それは明らかに知性の発露であり、容易ならざる敵である証明だった。

『青騎士よ、ヤツがブリンクで渦を抜け出すぞ！』

アルゥナイアがそう警告した直後、渦の中からブリンクビーストの姿が消える。生まれつき持っている瞬間移動の力で脱出したのだ。先に瞬間移動で逃げようとすると、魔法か何かで瞬間移動そのものを妨害された場合に斬られてしまいかねない。だから斬撃を防いで安全を確保してから脱出する、これもまた知性を感じさせる行動だった。

「どうして急にこんなに賢くなったんだ？」

孝太郎はウォーロードⅢ改を操って周囲を見回すが、その姿は見付からない。

『恐らく取り込んだ生命の知性を吸収しているのだ。そうでなければ、そもそも瞬間移動が使えないだろう』

キリハは霊子力技術に詳しいので、そのように推測していた。ブリンクビーストは生まれつき魔法を使えるのだが、廃棄物はそうではない。だから霊力だけでなく知性も同化しなくては、折角身体に備わっている魔法が無駄になる。つまり魔法が使えている事によって逆に知性の吸収が予想されるのだった。

「おやかたさま、敵が探知不能になりました！　空気の流れや床の振動に対処されてしまったようです！」

「賢くなって弱点を克服したか！」

廃棄物が吸収したものの中には工場の技術者もいる。その知性も吸収されているので、少し前まではブリンクビーストが気付かなかった事にも気付いてしまう。つけいる隙はなくなっていた。

バンッ

『きゃあああぁぁぁあっ！』

重力や魔力に関しても同様だった。おかげで先程までとは違い、アルゥナイアにも瞬間移動した先が分からない。先程とは逆にブリンクビーストからの攻撃を受け、静香は床に転がる羽目になった。静香はその直後に素早く立ち上がったものの、それは彼女がアルゥナイアの強力な魔力に守られていたからであって、他の者であれば危なかっただろう。もちろん分からなくなったのはブリンクビーストが操る他の二つの能力、透明化や虚像に関しても同じだった。

『みんな、一ヶ所に集まって下さいまし！』

「どういう事だ!?」

『言ってないで早く！　やられたいんですのっ!?』

「みんな、俺のところへ！」

少女達は指示に従って孝太郎の所に集まってくる。

「おおっとぉっ!?」

ギャリッ

その途中にもティアが攻撃を受ける。勘が良いティアは辛うじてかわしたものの、コンバットドレスの装甲には大きな傷が刻まれていた。

『パルドムシーハ、頼みますわ！』

『はいっ！』

少女達が集合した直後、その周囲にルースの無人機やラルグウィンの自動兵器までもが集まってくる。ブリンクビーストは身体が大きいので、少し間隔をあけて無人機などを並べておけば、孝太郎達を攻撃しようとするとどうしても直前にそれに触ってしまう事になるのだ。これは解決策ではないが、苦肉の策にしては悪くない考えだった。

「問題はここからだ。どうする？」

とりあえず孝太郎達が一気にやられる心配はなくなった。その隙に対策を考えねばならなかった。

ガシャンッ、バキンッ

だが無人機や自動兵器は端から順にやられ始めている。ブリンクビーストは各種魔法を使って安全を確保しながら、それらを慎重に排除していた。時間的な余裕はあまり残されていなかった。

『爆発する攻撃なら効果はあるだろうが、工場の崩壊を覚悟せねばならない。あまりやりたくはない手だ』

通信機から聞こえてくるキリハの声は硬い。彼女はすぐに一つの対策を思い付いていたが、それは余りにも危険な戦い方だった。幾ら見えないといっても、本当に消えている訳ではない。ならば爆発に巻き込んでしまえば良いという訳なのだが、近過ぎると孝太郎達も巻き込まれるし、工場が崩れたら目も当てられない。出来れば最後の手段にしたい戦い方だった。

『ゆりかが向こうにいるのが痛いですね。私と桜庭さんでは一緒に魔法を使うという訳にもいきませんから……』

真希としては広域化した魔法で――出来れば儀式魔法などで――ブリンクビーストの魔法を邪魔したい所なのだが、その場合には複数人の魔法使いが居る方が効果的だ。しかしゆりかは『朧月』の無人戦闘機と一緒に市街地の方に行っている。この場に残っている魔法使い、真希と晴海の魔法は種類が違うので、協力して使う事が出来ない。現代語魔法と古代語魔法には魔法理論に違いがあり、組み合わせるのが難しいのだ。二人に出来る協力は、魔力の受け渡しくらいだろう。

『逃げられると困るのも問題です。そうなったらこの怪物は二度と捕まえられません。方法はともかく、一度に倒さないと！』

晴海も焦っていた。ブリンクビーストは孝太郎達をすぐに倒せると思うから、今も攻撃を続けている。あるいはここで倒しておいた方が良いと考えているのかもしれない。だから孝太郎達の防御が固すぎたり、反撃を受けて不利を察した場合には、ブリンクビーストは身を守る事を優先して逃げ出すだろう。そうなるともう手がない。孝太郎達でも見付けられないものに逃げられ、しかもそれは生ける屍を大量に作り出す。孝太郎達が気付いた時にはもはや手遅れ、そのような地獄が待っている。だからブリンクビーストに考える余裕を与えず、一気に倒す必要があった。

「おやかたさま、防壁の残りが六十パーセントを切ります。もうすぐ限界です！」

なお悪い事にタイムリミットが迫っている。孝太郎達を守る壁になっている無人戦闘機や自動兵器がもうすぐ突破される。依然として端から順番に破壊され続けていた。孝太郎達には考える余裕がなくなりつつあった。

「ならばやる事は一つか。桜庭先輩、広めの防御魔法を幾つか頼みます。防御力は低くて構いません」

『里見君、どうするつもりですか!?』

晴海は孝太郎の意図が読めずに驚いていた。だがそうしながらもシグナルティンの魔力を活性化させる。ウォーロードⅢ改の周囲には三枚の防御魔法が展開された。

「一つだけ手があります。可能性は低いですが、試す価値はあります！」

ガシャン

孝太郎はウォーロードⅢ改に剣を構えさせた。重心をやや後ろに置いたその構えが何なのか、フォルトーゼ流の剣術に長じたルースにはすぐに分かった。

「カウンターですね、おやかたさま」

ルースは頷いた。彼女にも、これなら可能性があるように思えた。ブリンクビーストが攻撃をすると、ウォーロードⅢ改に命中する直前に防御魔法が破壊される。それを目印にカウンターを放とうというのだ。

「わたくしもお手伝い致します」

ルースはそう言って目を細め、小さく微笑んだ。ルースはウォーロードⅢ改の防御用空間歪曲場を変形させ、三層の防壁を作った。ＰＡＦの制御アルゴリズムを利用すればこの程度は簡単だった。だが三層にしてもエネルギーの総量は変わらないので、一つ一つは強度が低い。しかし孝太郎が意図する敵の攻撃の目印としては十分だった。

『行ってこい孝太郎！』

「ライトニングリフレックス、イーグルアイ！」

他の少女達も孝太郎の意図を察し、援護を始めた。早苗達は孝太郎の霊力を活性化し、真希は魔法で孝太郎の神経の反応速度と視力を引き上げる。どれもカウンターの始動を早める為の強化だった。

「ありがとう、みんな。それと……すみませんルースさん。貴女にも危険な事をさせてしまって」

剣を構えさせたまま、孝太郎はウォーロードⅢ改を前進させた。ルースを降ろしている暇はなかった。既に機体は兵器群の防御陣の外へ出てしまっているので、何処から攻撃が来てもおかしくない状況だった。

「いいえ、これで本望です。どんな運命であれ、おやかたさまと同じ運命ですから」

ウォーロードⅢ改を守る防御魔法と歪曲場は合わせて六枚。それを有効に使ってカウンターを当てる必要があった。チャンスは一度きりだ。同じ手は何度も通じないだろう。しかも相手の位置が正確に分かる訳でもない。防御が破られたところに向かって剣を突き込むだけだからだ。勝算はあまり高くない。むしろやられてしまう可能性の方が高いかもしれない。しかしルースはそれでもいいと思っていた。孝太郎と一緒に全力を尽くしてなお負けるなら、騎士団の副団長としても、一人の女の子としても、満足だった。

「それを言われてしまっては、勝たなければなりませんね」

「当然です。それが騎士たる者の道！」

「厳しいなあ、ルースさんは」

結果はどうでも良いが、それはあくまで勝つ為に戦った上での話だ。孝太郎はそんな厳しいルースに小さく笑いかけると、剣を握り直す。迷いはない。ルース同様、孝太郎も勝つつもりでいた。

ビシッ

最外周にあった防御魔法が破られたのはその時だった。その情報はシグナルティンを介して孝太郎の意識に直接報告された。

――来たか⁉

それにいち早く反応した孝太郎はウォーロードⅢ改を旋回させる。その時には既に二枚目と三枚目の防壁が破壊されていた。そして旋回が終わった時、孝太郎は目の前で四枚目が破壊されるのを目撃した。

「そこだあぁぁあぁぁぁぁぁぁぁっ!!」

ウォーロードⅢ改は右手に構えた剣を思い切り突き出した。同時に五枚目の防壁が破られる。恐らくブリンクビーストも同時に攻撃してきている筈だった。

ガシュウッ

「当たった!?」

剣は六枚目の防壁の位置で止まった。そして刀身がその位置で消えてしまい、見えなくなる。折れたのではない。手応えはあった。見えなくなっている部分がブリンクビーストに突き刺さっているのだ。その直後、ブリンクビーストの姿が現れる。シグナルティンの力が、ブリンクビーストの魔法を掻き消したのだ。

『グウゥゥゥオオオオオオオオッ!!』

「むっ!? 逃げるか!?」

ウォーロードⅢ改が握っている剣が大きく振り回される。ブリンクビーストが強引に身体を動かして刺さった剣から逃れようとしているのだ。剣が刺さっているのは獣の肩の辺りで致命傷ではない。多少強引にでも剣から逃れてしまおうというのだった。

「そうはさせないっ！」

孝太郎は左腕も使ってそれを押さえ込もうとする。剣が外れてしまえばまた見えなくなり、そして恐らくは逃げ出すだろう。それだけは避けねばならなかった。

「逃がしません！」

ガンッ

だがそこへ無数の無人機が押し寄せてきた。今ならルースにも敵の位置が分かる。彼女はそこへ向かって無人戦闘機に体当たりをするよう命じた。無人機も使って動きを封じようというのだ。

『ゴアアアアアアアアッ!!』

だが流石に工場の全ての負の霊力を纏ったブリンクビーストは強かった。強引に剣を外すと、無人機を押し退けて包囲から抜け出した。そしてやはり、危険を悟って孝太郎達に背を向ける。同時にその姿が消えうせた。

「逃げられた!?」

孝太郎は表情を歪めた。その脳裏には今後起こる大惨事の様子がありありと浮かんでいる。失敗した、誰もがそう思った。

「いいえ、おやかたさま。わたくし達の勝ちです」

次の瞬間、ウォーロードⅢ改の正面視界を表示しているモニターにブリンクビーストの姿が戻ってくる。だがそれは実体ではない。先程と同じ、ルースが作ったＣＧモデルだった。

「一体どうやって⁉」

「小型の無人機が幾つか、あの獣にしがみついています」

「あの体当たりの時か！」

「そしてあらゆる通信手段を駆使して、無効化領域の外にいる味方の無人機に現在位置を伝えています」

無人機の体当たりの目的はブリンクビーストを押さえ込む為だけではなかった。小さな無人機を獣に取り付ける事もその目的だったのだ。ブリンクビーストは身体の周りに探知を阻害する防御魔法を張っているのだが、それも幾つか例外がある。そもそも有線には効果がないし、レーザーや電波でも超至近距離ならば辛うじて通信が可能だ。だから小型の無人機を集団で近付ける事が出来れば、力技で通信を維持出来る。ルースはそうやって再びブリンクビーストの位置を特定したのだった。

「……とんでもない事を平然とやりますね、ルースさん」

孝太郎は呆れつつもウォーロードⅢ改を走らせた。呆れてボーっとしている余裕はない。見えるなら一刻も早く倒さねばならなかった。

「おやかたさまがいるから出来た事です。動きを止めて下さらなければ不可能でした」

だがこの方法は孝太郎が一瞬でもブリンクビーストを捕まえる事が前提となるので、これはルースとしても大きな賭けだった。しかし何としても孝太郎を勝たせるという彼女の執念が、この結果を呼び込んだのだった。

『あたしたちも居るわよ！』

そんな時だった。逃げていくブリンクビーストの進行方向上に、一人の少女が姿を現した。その姿を見た真希は驚いて悲鳴に似た声をあげた。

『クリムゾン!?　あなたどうしてここに――』

その少女は旧ダークネスレインボゥ、現在は宮廷魔術師団に所属する魔法使い、クリムゾンだった。彼女は両手で構えた杖を頭上に掲げ、大きくジャンプする。向かう先はブリンクビースト。味方である彼女には情報が共有されているので、彼女にもその姿は見えていた。

『その話は後！　まずはコイツを――だあぁありゃあぁぁぁぁっ!!』

クリムゾンの杖は命中する直前に攻撃魔法のエネルギーを帯び、その形状を大きな斧へと変形させた。斧はそのままブリンクビーストの前脚に叩き込まれ、同時に蓄えられていたエネルギーを解放した。

　バキィンッッ

『グギャアアァァァァッ』

　着地直前に脚へ大きな衝撃を受けたブリンクビーストは、バランスを崩して工場の床に叩き付けられた。勢いがついていた巨大な獣は、そのまま床を数メートル滑ったところでようやく止まった。

『姿さえ見えていればあんたなんて敵じゃないのよ！　みんな、後はお願い！』

『貴女もこっちを手伝いなさい、クリムゾン！』

『向いてないのよ、そういうごちゃごちゃした魔法』

『まったく貴女ときたら……アンチマジックフィールド！』

　この場にやって来ていたのはクリムゾンだけではなかった。グリーン、パープル、イエロー、ブルー、オレンジの姿もあった。彼女達は倒れたブリンクビーストを囲むようにして立つと、協力してブリンクビーストを中心とした広い範囲に魔法を発動させた。それは周辺の魔法を無効化する魔法だ。これによりブリンクビーストを隠していた魔法が全て無効化され、その姿が見えるようになった。これからしばらくは新たに魔法を使う事も出来

ないので、瞬間移動や何かで逃げる事も出来ない。もちろん彼女達宮廷魔術師団も魔法を使う事が出来なくなってしまった訳なのだが、それで問題はない。魔法がなくても攻撃が出来る人材は沢山いた。

『……結局、美味しいところはみんなあやつらが持って行ってしまったのう』

『いーじゃん、ルースが大活躍したんだから』

『ホント、ルースさんだけは絶対に怒らせちゃ駄目ねー。あんなに強いなんて……』

『静香がそれを言う？』

『駄目だって「お姉ちゃん」っ、しーっ、しーっ！』

ティアの射撃、早苗の霊力、静香が投げた巨大なコンクリート片。それらは魔法を失いただの生ける屍となったブリンクビーストに襲いかかった。もちろんブリンクビーストは逃げようとしたのだが、結局どの魔法も働かなかった。攻撃は雨霰と降り注ぎ、程なくブリンクビーストは全てのエネルギーを失って倒されたのだった。

宮廷魔術師団がやってきたのは、廃棄物を絶対に逃がさない為だった。魔法を無効化した領域に追い込んでから消滅させないと、一部が分離して逃げる恐れがあったのだ。だが問題はやはりブリンクビーストの姿が見えない事で、そのままでは魔法の効果範囲に収める事が難しかった。だから彼女達は孝太郎達がそれを何とかすると信じて、ずっとチャンスを待っていたのだった。

「それであのタイミングでの登場って事なのね」

「そうよ。でもクリムゾンが戦うって聞かなくてね、大変だったんだから」

「それは苦労したわね、グリーン」

真希は事情を説明してくれたグリーンに笑いかける。クリムゾンが出てきた時の勢いからすると、チャンスを待つ間のクリムゾンの不機嫌そうな様子が目に浮かんだ。

「失敬な、あたしだって我慢が必要な時は我慢するわよ」

「ずっとイライラしてたけどねー?」

「それは我慢してたって事だろ」

「ふふふ」

クリムゾンとグリーンの仲が良さそうなやり取りを聞き、真希は微笑む。真希が二人に向ける視線は優しい。二人の様子から、クリムゾンも幸せなんだろうと、感じる事が出来たから。思わぬところで素敵な再会があった真希だった。

「しかしよくこんな場所に都合よく居たもんだな、お前ら」

真希達の会話が途切れたのを見計らい、孝太郎が話に加わる。すると早苗と二人でブロック塀に座って足をぶらぶらさせていたオレンジが孝太郎の疑問に答えた。

「そもそもココはね、私達が見付けた拠点なんだー。んで、陛下から非常事態に備えてここで待機って言われてたの」

「あんた達って結局、今もスパイ大作戦なんだね？」

「そうだよ。所属はフォルトーゼに変わったんだけど」

宮廷魔術師団は元々、エルファリアからラルグウィン一派の拠点を探る命令を与えられていた。そして幾つか拠点を調査していく過程で、この巨大な拠点の存在が浮上した。だがこの拠点は流石に六人の宮廷魔術師団だけで攻めるには大き過ぎた。また魔法で戦う姿はなるべく国民の目からは隠しておきたいという都合もあった。そんな訳でエルファリアは彼女らに待機を命じ、攻略は孝太郎達やネフィルフォラン隊に任せた。そして孝太郎達の到着後は、彼女らは非常事態に備えていた。魔法を操る彼女達なので、非常事態対策には向いていたのだ。そして実際、廃棄物という非常事態に上手く対応したという訳だった。

「彼女達のおかげもあって、騒動は何とか終息しましたが……ラルグウィン一派の指導層には逃げられてしまいましたね」

　ネフィルフォランはそう言って僅かに肩を落とした。本来の目的は拠点を攻める事と、そこで情報を収集する事の二本柱だ。特にコンピューターへのハッキングや指導層の捕獲は優先度が高く、ラルグウィン一派を追い込んでいく最短ルートだった。

「最初から攻撃を受ける準備がしてあったんだから、仕方がありませんわ。それに爆発事故もあった訳ですし。今回はわたくし達にミスがあった訳ではありませんわ」

　クランはネフィルフォランを慰めるように優しく笑いかけた。実際これはクランの言う通りで、この拠点に反撃の準備があったのと同じように、撤退時に重要な情報を処分したりする仕組みや、脱出経路がきちんと準備してあった。しかも同時に予期せぬ事故が発生したので、重要な情報が得られなかったのは仕方のない事だった。

「あの魔法使いのおじいさんも直接は攻撃してこなかったし、向こうも向こうで大慌てだったんじゃないかしら」

　グレバナスは結局、遠回しに状況に介入してきただけで、自分が直接手を下すような戦い方はしなかった。状況の掌握が出来ていなかったので、安全な行動に努めたのではないか――静香はそんな風に思っていた。

「そのあたり、キリハさんはどう思う?」

「ふむ……今回の作戦に関しては、この拠点を奪取出来た事で十分だと思っている。それ程までにこの拠点の規模は大きい。ラルグウィン一派の計画は大きく後退した筈だ。全体を通して見た場合、これまでの中で最大の戦果と言えるだろう」

キリハはこの結果に満足していた。元々大地の民の技術である霊子力関係の拠点を潰せたという事が心理的に影響していないと言えば嘘になるが、それを差し引いてもラルグウィン一派に大きな損害を与える事が出来たのは紛れもない事実だった。ここで作られていたのは霊子力技術の中核となるものばかりなので、多少の情報が得られなかった事など問題にはならない程大きな戦果だと言える。それにキリハは、不幸だったのは孝太郎達ではなく、むしろラルグウィン一派だったのではないかと考えていた。もし爆発事故が起きなければ、予定通りに孝太郎達を迎撃する事が出来た。その場合は孝太郎達を押し返す事が出来たかもしれないのだ。

「つまり……連中は技術の扱いを甘く見て、大敗したって事か」

「そういう事だ。彼らが廃棄物の処理を適切に行っていれば、このような結果にはならなかったのだからな」

そして不幸の原因は廃棄物の処理の手間を省こうとした事だ。彼らは効率と速度だけを追い求めた結果、自分の首を絞めた。文字通り自業自得の結末だった。

本拠地の基地に戻ったグレバナスは、怒り狂うラルグウィンに遭遇した。キリハの予想は当たっていた。ラルグウィンは問題の製造拠点が失われた事を重く見ており、その担当者を厳しく叱責した。廃棄物の処理を省略したのはラルグウィンではなく、製品の納期を急ごうとしたこの担当者――グレバナスの案内役を務めていた人物でもある――の判断だったのだ。その安易な変更が事故を引き起こし、計画の大規模な見直しが必要になる程の大損害を生んだ。ラルグウィンの怒りはなかなか収まらなかった。

『落ち着いて下さい、ラルグウィン殿。廃棄物の処理を省略しなくても、結果は同じだったかもしれないのですから』

「そんな事は分かっている！　だがそれはあくまであの兵力で攻められたから言える事であって、別の拠点では別の結果になる場合もあるだろう！　安易に事故を起こして貰っては困るのだ！」

『しかし今回に限っては、悪い事ばかりではありません。我々はあの事故から、新たな兵器を手に入れたのかもしれません』

「どういう事だ⁉」

『この廃棄物は負の霊力を帯びています。そしてこれが接触すると、生物は生ける屍へと変化致します。つまりこれは、自己増殖型の兵器として使える可能性があるのです』

グレバナスは問題の廃棄物を耐圧容器に入れて持ち帰っていた。そしてそれを詳細に研究し、兵器に転用しようとしている。かつて彼とマクスファーンが、疫病を武器にしていたのと同じように。

『兵力が少ない我々には、必要な技術だと思われますが……ラルグウィン殿はいかがお考えでしょうか？』

「………なるほど、確かにそれは今回の損害を埋められる成果かもしれん………。よし、今回だけは許そう。ただし二度目は無い！　心せよ！」

「は、はいっ、ありがとうございますっ！」

グレバナスの言葉で、ようやくラルグウィンの怒りは収まった。工場の担当者はラルグウィンに何度も頭を下げ、感謝の言葉を口にしながら部屋を後にした。

「それで、実際に兵器として使えるのか？」

『ある程度コントロールする目途は立っております。単純な破壊目的なら、既に利用は可能です。しかし複雑な任務に従事させるなら、もう少し他の技術とのすり合わせが必要かと思われます』

「人と予算を好きに使え。今回の損失の穴埋めには、そいつの兵器化が必要だ」

『では、そのようにさせて頂きます』

今回の大敗をきっかけに、ラルグウィンはグレバナスへの依存を強める事になった。状況はグレバナスの望む方向へ進んでいる。この状況を利用すれば、グレバナスはラルグウィンに隠れて自分の為の行動を取り易くなるだろう。上手くいけば、自分の軍隊を持つ事さえ出来るかもしれない。マクスファーンが復活した後は、きっと大きな戦いが起こる。その為の備えは今から始めておく必要があった。

技術に込められたもの　十月四日(火)

エルファリアが紅茶を飲む時、基本的にテクノロジーは遠ざける。紅茶を飲むのはリラックスしたいという理由が大半を占めるので、コンピューターや情報通信端末との相性が悪い事は容易に想像がつくだろう。だからエルファリアはいつも、そういったものをしまってから紅茶を用意する。今は自室なので、エルファリアを囲んでいるのはアンティークの家具だけ。彼女は紅茶を飲む時の雰囲気も大切にしていた。しかしどんな事にも例外はある。この時がそうで、彼女の視線の先には立体映像が表示されていた。それは情報通信端末で投影した、ニュースの映像だった。

『ＤＫＩメディカルは試験生産したＰＡＦを重傷者や子供に優先的に配布し、試験運用を開始しました』

ニュースの内容はＰＡＦに関するものだった。工場の生産ラインと、ＰＡＦそのものの試験が始まった事を伝えている。立体映像には事故で右足を失った七歳の少年の姿が映し出されていた。七歳といえば身体が急激に成長する時期なので、従来型の義足だと成長に合わせて何度も調整が必要になる。だが自由に変形するＰＡＦなら、調整は必要ない。初めて起動したその時から、少年の身体にぴったりと合ったバリアーの義足が生成された。少年は最初こそ驚いて戸惑っていたものの、すぐに意味を理解して走り始めた。試験用に用意された遊具で遊ぶ姿には危なげな様子はなく、ＰＡＦの不具合もないようだ。怪我をする前の少年の姿が戻ってきたと、両親が涙ぐむ一幕もあった。

「上手くいっているようだな」

孝太郎はカップを手にしたまま、嬉しそうに微笑んだ。ニュースの映像を見ていたのはエルファリアだけではなく、孝太郎も一緒だった。最初はただ二人で紅茶を飲んでいたのだが、孝太郎が戦いで不在であった間にＰＡＦの試験が始まっており、その報告も兼ねて一緒にニュースを見ていたのだった。

「はい。試験は色々な場所で行われているそうですが、どこでも好評であるとか」

映像は少年から救急隊の訓練の様子に切り替わった。その訓練は狭く入り組んだ通路でストレッチャー――患者の搬送用の車輪が付いたベッド――が使えない状況を想定したものだった。そこで隊員達はＰＡＦを使い、患者を模した人形を担架で搬送していた。

彼らが患者の重さや障害物に苦労している様子はない。人形は素早く安全に、救急搬送用の車両に運び込まれていた。

「あれはクランの努力の結晶だ。不評なんて出るもんか」

「それをクランさんに直接言って差し上げれば喜びますよ」

「男の都合ってもんがあるんだよ」

「あらあら、ふふふ……」

　そうやってエルファリアが笑った時、ニュースの映像が終わった。すると自然と二人の視線がお互いの顔に向けられた。

「……なあ、エル。技術ってのは使い方次第なんだな」

「はい。先日の一件でそれが身に沁みました」

　今見たニュースの内容、そして先日のイコラーンでの事件。その二つの事から、孝太郎はその結論に至った。クランのＰＡＦとラルグウィンの霊子力技術、どちらもただの技術ではあるのだが、孝太郎にはそこに決定的な差があるように感じられた。それは技術そのものの差ではない。作り出す時、運用する時の考え方の差。技術に込められた志の差とでも言えばいいのだろうか。だから二つの技術から導かれる結果に差が出る。ＰＡＦで走り回る少年と、廃棄物に操られた生ける屍。そこにはやはり、とても大きな違いがあった。

「その意味で言うと……お前の紅茶を淹れる技術は良い技術だな」

孝太郎は手元のカップに視線を落とす。そこに注がれている紅茶はエルファリアが淹れてくれたもの。それは彼女が繰り返し練習して身に着けた技術であり、誰かの癒しとなる技術だ。孝太郎はそれを、クランの技術と同じく、好ましい技術だと思っていた。

「光栄です。それにレイオス様の剣も、良い技術です」

エルファリアは嬉しそうに目を細めると、孝太郎に笑いかける。エルファリアの方も、孝太郎の剣を好ましい技術だと思っていた。孝太郎は演劇の為に剣術を身に付け、そして誰かを守る為に振るい続けた。決して誰かを傷付ける為の剣ではなかったと思うから。

「そうかな。今回は少し、失敗した気がしているんだが」

孝太郎は小さく肩を竦める。エルファリアは褒めてくれたが、孝太郎自身は正直自信がなかった。先日の戦いでは多くの人命が失われた。もっと上手くやれたのではないか、そういう後悔があった。

「レイオス様はきちんと解決なさいました」

「解決したのは俺の剣じゃない。クランやルースさんが居なかったら危なかった。ＰＡＦや無人機の活躍がなければ、被害はもっとずっと大きかっただろう」

生存者の救助にはＰＡＦが活躍した。生ける屍の排除にはハッキングと無人機が活躍した。もっと言えば、廃棄物を倒す時には宮廷魔術師団の力を借りた。もしそれらの助けがなかったら、孝太郎は事件の解決にはもっと時間がかかっただろうと思っていた。

「結果は問題ではありません。大事なのは剣――技術に込められた魂です。レイオス様は危機に際して先頭に立って剣を振るった。我々フォルトーゼの人間の為に。十分に良い技術であると考えますが」

　エルファリアの意見は孝太郎とは違っていた。孝太郎は工場の従業員達を守ろうと剣を振るった。大事なのはそこであって、結果に結びつくかどうかは関係ない。仮にこの世に必要とする怪我人が居なくても、ＰＡＦは無駄ではないだろう。その為に作られた事が大切なのだ。孝太郎の剣もそれと同じだ。その瞬間に結果に繋がらない事はあるだろう。それに孝太郎が最前列で剣を振るうから、後に続く者が現れる。クランやルースをあの場所に導いたのは、紛れもなく孝太郎とその剣だ。エルファリアはそんな孝太郎の剣を無駄だとは思わなかった。

「……そういえば、フォルトーゼの騎士道はそういうものだったな」

　エルファリアの言葉のおかげで、孝太郎に笑顔が戻ってくる。エルファリアの言葉はフォルトーゼの騎士道に通じるものがあった。そしてその事が孝太郎の心の重荷を軽くしてくれていた。

「はい」

エルファリアも再び微笑む。彼女にとって、孝太郎が必要以上に責任を感じているのは嬉しい事ではない。それはエルファリアも一緒に背負うべきものだからだ。だから孝太郎に笑顔が戻って一安心のエルファリアだった。

「だったら、お前がこの紅茶を淹れる時に込めた魂はなんだ？」

孝太郎の視線が再びカップに向けられる。孝太郎の剣に込められた魂が大事なら、この紅茶に込められた魂も大事である筈だ。単に紅茶への愛なのか、あるいは古い友人をもてなす為なのか。理由は沢山考えられる。孝太郎はエルファリアが何を思って紅茶を淹れたのか、そこに興味があった。

「二十年前の世界に置き去りにされた、復讐心でしょうか」

エルファリアはそう言って悪戯っ子のように笑った。その笑顔は孝太郎に、二十年前の彼女を思い出させる。それは不思議と胸に迫る、懐かしい笑顔だった。

「はははっ、怖いな。そろそろ許してくれよ」

孝太郎はエルファリアの答えを冗談だと思った。彼女はしばしばこういう事を言って孝太郎を困らせる。自然と今回もそうだろうと考えた孝太郎だった。

「赦しません。もうしばらくはレイオス様を恨みます」

エルファリアは笑顔を崩さない。その事も孝太郎が彼女の言葉を冗談だと考える理由の一つだった。

「まあ……いつか本当の事を教えてくれよ。話せるようになったらで構わないから」

「……本当の事を話した方が、レイオス様はお困りになるかもしれませんが……」

「うん？　どうした？」

「それも含めて、時が来たらお話しします」

「ああ」

孝太郎にとって女性の気持ちはいつも謎だ。エルファリアの場合、特にその謎が深い。この時の孝太郎に分かっているのは、エルファリアが何らかの理由で明言を避けたという事くらいだった。年上の女性なんだからそれで当たり前か――そう考えた孝太郎は、小さく笑うと再び紅茶のカップに口を付けた。

「……やっぱり、こっちの紅茶と地球の紅茶は味が違うな。それぞれの積み重ねてきた年月、いや、これもまた、それぞれの技術って事かな」

紅茶を淹れる技術とは別に、茶葉を作る技術もある。それは地球とフォルトーゼではやはり少し違いがある。また使っている植物の葉にも違いがある。同じ用途でも、別の星で別の進化を遂げた植物なのだ。その結果、紅茶の味には微妙な違いが出る。酸味や苦み、鼻に抜ける香りは大まかには同じだ。地球の紅茶の種類ごとの個体差の範囲に入る程度の違いしかなかった。あまり極端な味がすればお茶の用途に適さないので、この辺りは自然と似てくる部分だろう。とはいえ細かく見ていけば分かり易い違いもある。フォルトーゼの紅茶は全体的にフルーティな後味があるのが特徴だ。エルファリアの紅茶を淹れる技術が確かなので、孝太郎にもその差がよく分かった。

「どちらがお好みですか？」

エルファリアは楽しそうに孝太郎に尋ねる。もてなす側としては、孝太郎の好みを知っている方が都合が良かった。

「どちらという事はないな。どっちもお前が淹れてくれた紅茶だ」

大事なのは技術に込められた魂。剣術がそうであるなら、紅茶だってそうだろう。孝太郎はエルファリアが淹れてくれた紅茶はどれも好きだった。味の違いはあれど、どの紅茶にも等しく、彼女の魂が籠っているように思うから。

「………」

エルファリアは思わず言葉に詰まった。それは彼女にとって意外な答えだったから。そんなエルファリアに孝太郎は不思議そうな視線を向ける。

「どうした？」

「いいえ、何も」

「ふぅん、そっか」

「……まったくもう、このひとは……」

エルファリアの胸の中に、とてもあたたかな感情が広がっていく。それは気を抜けば涙が出てきてしまいそうな程の、優しくも強い感情だった。だが彼女にその変化をもたらした人物は、もちろんその事には気付いていない。その視線は既に彼女から外れてしまっていて、幾つか並んでいる紅茶のパッケージを呑気に見比べていた。

「それにしても色々味が違って面白いよな。エル、こっちのも飲んでみようぜ」

「……はい、すぐにご用意致します」

文句はあった。言いたい事もあった。だがエルファリアも呑気に紅茶の時間を楽しむ事にした。胸の中に広がるあたたかな感情が、そうしろと言っているのだ。そして何より、そうした方がその感情は長続きしそうだった。

ころな陸戦規定

NEW! 2011/10/4

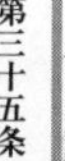

第三十五条
　ころな陸戦条約に批准した者は、結婚を政治的、外交的に利用しない事を確認する。

第三十五条補足
　こんな事わざわざ確認しなくてもさー、孝太郎は絶対嫌がるでしょ、こういうの。　サナエ、どちらかというとエルファリアさんがこの手の事をやらかした時に、一緒に怒鳴り込みましょうねっていう確認なのではありませんの？

あとがき

皆さんご無沙汰しております、著者の健速(たけはや)です。前巻の四十巻の発売からおよそ六ヶ月と、いつもよりも長くお待たせする事になってしまいました。読者の皆さんにはご心配をおかけいたしました。今回はその辺りの事情からお話したいと思います。

実は昨年末に奇妙な事が起こりました。視力が低下し、見えているものが全て白っぽくなり始めたのです。当初は変化が少なくまた眼鏡を換えた直後でもあったので、気のせいかなと思っていたのですが、しばらくすると自動車の運転中に明らかにそれと分かる変化が出始めました。逆光の看板や、道路の交差点にある鏡が見え辛くなったのです。運転は他人の命にも関わりますので、気付いた翌日から自動車の使用を中断。すぐに眼科を受診しました。すると診断結果は驚きのもので、白内障との事でした。そうです、あのおじいちゃんおばあちゃん達がかかるあの白内障だったのです。

白内障は目の中の水晶体が白く濁り、徐々に光が網膜に届かなくなっていく病気です。レンズの部分が白のサングラスをかけているような状態ですね。最初は薄っすら白いだけですが、時間の経過と共にどんどん白が強くなっていってしまいます。そのせいで視力が落ち、物の輪郭がぼやけていきます。また光が水晶体を通過する時に白く濁った部分で乱反射を起こしてしまい、光がとても眩しく感じるのも特徴です。

私はまだ四十代後半なので、この診断にはとても驚きました。ですが担当の先生が言うには、若いうちから白内障になるケースが幾つかあるそうです。まずは糖尿病の合併症として起こるケース。血糖値に問題はないので、これは私には関係がありません。続いて若い頃から視力が低い人が、目を酷使し続けた場合。私は中学生の頃から近眼で眼鏡が手放せず、仕事は毎日コンピューターを睨み付ける種類のものですから、この条件には該当しそうです。最後は体質的なもので、単純に白内障になり易い人というものがいるのだそうです。多分、この影響もあるのではないかと思います。先生も後者二つのどちらか、あるいは両方が原因だろうと仰っていました。

白内障と診断を受けた時、私は即座に手術を決断しました。現在の医療技術では白内障は治る見込みがなく、薬で症状の進行をゆっくりにする事しか出来ません。しばらくすれば見えなくなってしまうので、手術そのものは絶対に必要です。問題はいつやるのか、という事でした。まだ症状は初期で仕事に支障はなかったので、もう少し経ってからでも大丈夫ではありました。しかし年末から新しい仕事（小説ではない）が動き出すので、急ぐ必要がありました。それというのも手術をしてから目の状態が完全に安定するまで半年ほどかかるのが一般的だからです。また運転が危ないという問題もあります。仕事の為に国道や繁華街から離れた静かな場所に住んでいますので、車が使えない状態だととても困ります。そんな訳で四十巻の作業が終わってすぐに手術をするようにしました。手術前の検査があったり、体調を整える時間を取ったりして、実際にはちょうど発売日の頃に手術を受けました。

手術の内容をざっくりと説明すると、水晶体に穴を開けて中身を吸い出し、その代わりになる人工レンズを水晶体内に設置するという結構な大手術です。ですがこの手術は技術が進歩しており、片目が十五分という素晴らしい早さで手術が終わりました。ただ両目を同時に手術してしまうと何も見えない状態になってしまいます。そこで手術はまず右目を手術して、その一週間後に左目を手術、という形で実行されました。一週間経てば右目は眼帯が取れているので、何も見えない状態にはならない訳です。幸い手術は両目共に無事に終了。しかし大変だったのはここからでした。

最初の試練はお風呂の問題でした。小さいながらも目に穴を開けている訳なので、しばらくは目に水や刺激物が入るのを避けなければなりません。その為およそ手術から一週間ほどはお風呂に入れませんでした。しかも左右の目で手術が一週間ずれているので、実質は二週間ほどお風呂に入れませんでした。二度目の手術の前日と当日の朝には熱心にお風呂に入ったのをよく覚えています。もちろん両目の手術が済んで一週間経った日もそうでした。

続く問題は内服薬と目薬の問題です。内服薬は抗生物質と痛み止めで、これは手術から数日で終わりです。しかし目薬は手術から三ヶ月後、傷が完全に塞がるであろう頃まで続きました。こちらも抗生物質や抗炎症剤といったもので、二種類の目薬を一日三回、一種類の目薬を一日二回、点眼しなければなりませんでした。これが結構面倒な作業で、ただでさえ忘れがちなのに、三種類ある事で勘違いが起こり、それぞれの使用回数を間違う事が多々ありました。ここで炎症が出たりすると大変な事になるので、最終的にはチェックリストを作って対応しました。

第三の問題は眼鏡です。傷が大まかに塞がるのが手術から二週間目くらいで、仕事や運転はその辺りからしても良いという指導を受けていました。ただし問題は視力がまずまず安定するのが一ヶ月目くらいで、メガネを作るのは最速でその辺りという事になるという事でした。すると眼鏡が出来上がるのがその翌週なので、つまりは眼鏡なしで三週間仕事をするのか、というような話になってきます。仕方がないのでその頃は拡大鏡を使って対応し、仕事の量も減らしていました。こうした事情が重なっていき、この四十一巻の発売が遅れていった訳です。幸い眼鏡が完成してからは多少見辛いながらも、なんとか仕事が出来るようになりました。もちろんまだ完全ではありません。目の状態は手術から半年過ぎたあたりでようやく安定してくるそうなので、もう少ししたら眼鏡を作り直す必要があると思います。それが完成すれば、私自身が今の目の状態に慣れてきている事もあって、これまで通りに仕事が出来るようになるんじゃないかと思っています。

そんな訳で、とりあえずは仕事が出来るようになった訳ですが、次の四十二巻がまた発売日が微妙に前後する可能性があります。というのも、この六畳間の四十一巻は本来のタイミングでは発売されていません。ですから今回は良くても、今後の為にイラスト担当のポコさんや校正・校閲の担当者さん等のスケジュールの調整をしなければなりません。彼らの他の仕事を圧迫するタイミングでは本は出せないからです。どのタイミングが良いのかは現在絶賛調整中ですので、まだはっきりとした事は言えません。ですが四十二巻が出れば、その後はこれまで通りのペースに戻れると思いますので、もう一回だけご容赦ください。よろしくお願い致します。

ちなみに一つ前、四十巻もいつものペースより一ヶ月遅く発売となりましたが、あれは単純に四十巻記念企画の中編小説（現在ＢＯＯＫ☆ＷＡＬＫＥＲさんで絶賛発売中）を追加で書いたせいで制作ラインが回らなくなっただけであって、白内障に関連した遅れではありません。

さて。ややこしい話が済んだので、ようやくこの本の中身の話に移れます。この巻では遂に孝太郎達がフォルトーゼへ再上陸を果たします。目的はもちろんラルグウィン一派を捕まえる、もしくは倒す事です。しかしその為に必要な事が色々とあって、結果的にフォルトーゼは国全体が大騒ぎになります。そんな中、ラルグウィン一派の拠点を発見したという報告が舞い込む――今回はそういう話になっています。

見どころは遂に牙を剥き始めたルースの戦いぶりでしょうか。やはりフォルトーゼに居ると彼女が利用し易いものが周囲に沢山あるので、彼女の情報処理や物事を調整する才能が如何なく発揮され、とんでもない事が起こります。どんな事が起こるのかは本編を読んで確認して頂ければと思います。既に読まれた方は、ルースの戦いぶりをどう思ったでしょうか？　私がもし敵役の一人だったら、まず間違いなくルースからやっつけます。ついでにキリハとクランも。ルース・キリハ・クランの三人は特殊な能力がないから逆に、その能力が全ての状況に適応されるので、戦いの規模が大きければ大きいほど強みが増します。だからやっつけるならまずこの三人。ああ、同じ事はラルグウィンも考えてそうな気がするので、今後は彼女らを守る戦いになっていくように思います。

対してゆりかなんかはルースとは逆で、魔法で何でも出来るが小さい範囲に限られるので、戦いの規模が大きいと活躍し辛いんですよね。戦略級の魔法とか、そういう何かを用意してあげた方が良いのかな。それを言い始めると他の子もそうか。今後の為に何か考えよう。………待てよ、今回もゆりかは大活躍だった気がするぞ（笑）

続いて次回の話を少し。今回の戦いで大損害を被ったラルグウィン一派ですが、それでめげるような彼らではありません。このままでは追い詰められるばかりなので、皇家と孝太郎達にも損害を与えようと、思い切った手を打ちます。そんな時、ラルグウィンの部下であるファスタが孝太郎達に接触してきます。ラルグウィンの狙いは一体何なのか、ファスタの接触には何の意味があるのか――――というようなお話を予定しております。発売は年が明けた後の筈です。いつもなら年末から年始のタイミングはへらくれす巻ですが、目の手術で刊行が遅れている事もあって、今回は本編が続きます。ご期待下さい。

それでは最後にいつものご挨拶を。

この巻を執筆する上でご尽力頂いたＨＪ文庫編集部並びに関連企業の皆様、スケジュールが動いてしまったのにきちっと仕上げてくれたイラスト担当のポコさん、そしてお待たせしても引き続きついて来て下さっている読者の皆さんに篤く御礼を申し上げます。

それでは四十二巻のあとがきで、またお会いしましょう。

二〇二二年　八月
健速

単行本①～⑤巻
好評発売中!
原作/健速
キャラクター原案/ポコ
漫画/有池智実
5
健速
ポコ
有池智実
堂々完結!!!

コミック版
漫画:六畳間の侵略者!?
ファイアCROSS
firecross.jpにて配信中!

HJ文庫 https://firecross.jp/
1037

六畳間の侵略者!? 41

2022年10月1日　初版発行

著者―― 健速

発行者―松下大介
発行所―株式会社ホビージャパン

〒151-0053
東京都渋谷区代々木2-15-8
電話　03(5304)7604（編集）
03(5304)9112（営業）

印刷所――大日本印刷株式会社

装丁――渡邉宏一／株式会社エストール

乱丁・落丁（本のページの順序の間違いや抜け落ち）は購入された店舗名を明記して
当社出版営業課までお送りください。送料は当社負担でお取り替えいたします。
但し、古書店で購入したものについてはお取り替えできません。

禁無断転載・複製

定価はカバーに明記してあります。

©Takehaya

Printed in Japan

ISBN978-4-7986-2967-4　C0193

ファンレター、作品のご感想
お待ちしております

〒151-0053　東京都渋谷区代々木2-15-8
(株)ホビージャパン HJ文庫編集部 気付
健速 先生／ポコ 先生

アンケートは
Web上にて
受け付けております

https://questant.jp/q/hjbunko

● 一部対応していない端末があります。
● サイトへのアクセスにかかる通信費はご負担ください。
● 中学生以下の方は、保護者の了承を得てからご回答ください。
● ご回答頂けた方の中から抽選で毎月10名様に、
HJ文庫オリジナルグッズをお贈りいたします。